2022문학秀작가회선집

秀의 서정

제1집

문학秀출판

웅녀熊女*의 말

김 종

내 진즉,
씨앗 같은 조선의 어미가 되고 싶었다

하늘에 무릎 꿇어 수태한 지난밤은
내 맵고 독한 사랑을 앓았느니
조선의 억조창생을 기도하고 또 기도하면서
이십 날 하고도 하루라는 강을 건넜다
눈보라 비바람에도 꺾이지 않는
만년萬年 세월 조선을 분만할 수 있었다

태백산 같은 오천년은 거룩하고 장엄했다

* 웅녀: 국조 단군을 낳은 분

눈물은 마늘로 크고 눈보라는 쑥잎으로 나풀거렸다
마늘과 쑥의 몸에서
태평성대를 거느린 영웅이 자랐다
말갈기 날리며 지평선을 달리고 산맥을 넘었다

아사달의 사직은 사시사철 배가 불렀다
바람과 비구름이 백성을 돌보고 산천초목을 길렀다

큰곰자리별에서 콩 한 동이를 불리고
끝날 줄 모르는 그리움과 사귀면서
가슴이 빠개지고 허리가 휘도록 별을 뿌렸다
발톱이 갈라져 나무뿌리가 될 때까지
사막을 건너는 낙타처럼 울었다

나, 이제

오천년을 살아낸 박달나무로 서서

말발굽소리 우렁찬 나라의 시작을 다시 낳으리라

처음이 끝이 되고 끝이 처음이 되는

대문 넓은 오천년을 새롭게 열치리라.

김 종 ————

· 중앙일보 신춘문예 시 당선(1976)
· 경희대학교 문학박사, 조선대학교 국어국문학과 교수 역임
· 《장미원》, 《밑불》, 《그대에게 가는 연습》, 《독도 우체통》 등 시집 13권
· 《전환기의 한국현대문학사》, 《삼별초 역사기행기》, 《안성현 백서》 등 13권
· 신동아미술제 대상, 작품 개인전 14회
· 동양서예대전 초대작가, 한국추사서예대전 초청작가
· 제26회 추사 김정희선생 추모 전국휘호대회 심사위원
· 3500여권의 표지화와 《오늘의 한국대표수필 100인선》 등
  30여권의 책에 그림을 그렸음.

문향만리, 이정표를 세우며

이향희(문학秀작가회 회장)

　인생은 만남의 과정이라고 해도 과언이 아닙니다. 우리는 그 중에
도 문학 친구로 만나 서로의 마음을 글로써 교감하며 행복을 향해 함
께 나아가는 인생 여정에 있습니다.

　언젠가 영국 타임지가 독자를 대상으로 '세상에서 가장 행복한 사
람'에 대한 조사에서 '아주 세밀한 공예품 장을 다 짜고 휘파람을 부는
목공'이 3위를 차지했다고 합니다. 이것은 행복을 느끼는 여러 요소
중에서도 자기의 일이나 창작품에 대한 성취감에서 오는 행복이 얼
마나 큰 것인가를 단적으로 말해줍니다. 번득이는 영감 혹은 오랜 사
색 끝에 흡족한 문학작품을 퇴고했을 때의 행복감 역시 모래성을 막
완성한 어린 아이(1위)나 목공의 그것에 못지않음을 우리는 잘 알고
있습니다.

　좋은 글은 일상의 희노애락을 승화시켜 나뿐만이 아니라 다른 사

람의 마음까지 다독이고 교화하는 역할을 합니다. 지금 우리 작가회는 탄생된 지 2년 만에 동인지를 창간하게 되는 쾌거를 이루었습니다. 계속되는 코로나의 어려움 속에서도 문학을 향한 열정으로 움츠러든 마음 달래며 시간을 건너온 회원들의 감성을 한 올 한 올 엮어 〈秀의 서정〉에 담았습니다. 한라에서 설악까지, 방방곡곡을 여울져 오는 우리 작가들의 문향은 전국 독자들의 가슴을 행복으로 어루만져 줄 것입니다. 또한 이 첫걸음은 우리 작가회가 걸어가야 할 문향 만리의 길에 든든한 이정표가 될 것입니다.

앞으로 2집 3집, 시간의 그네를 타며 매무새를 다듬어 나갈 때 '문단'의 거목에서 아름다운 꽃을 피울 수 있을 것입니다. 발간의 과정에서 문우를 잃는 황망함을 겪기도 했으나 고인의 향기를 담은 유고가 〈秀의 서정〉 속에서 함께 하기에 위안으로 삼습니다.

천지를 개벽하듯 '여는 시'로 창간호의 의미를 더욱 크게 해주신 김 종 교수님, 축사를 주신 권순자 문학秀 회장님과 초대수필의 박원명화 작가님께 감사의 말씀 올립니다.

정은출판과 작가회 편집진, 표지화를 주신 정소빈 회원께도 감사 드리며, 무엇보다도 승화된 숨결로 창간호의 든든한 이정표를 세워 주신 회원 작가 여러분께 큰 박수를 보냅니다.

바람은 또 어김없이 계절을 실어 나릅니다. 文香萬里, 〈秀의 서정〉이 가을과 함께 바람여행을 떠납니다.

2022. 가을의 바람을 맞으며

《秀의 서정》 창간을 축하드립니다

권 순 자 (문학秀문인회 회장)

우리 '문학秀 작가회'가 벌써 서로의 글들을 모아 창간호 동인지가 출간된다니 참으로 대견하고 자랑스럽습니다.

그동안 〈문학秀〉를 통해서 등단한 회원들이 이후 정체성을 갖고 나름대로 창작에 몰두해온 덕분이라 생각합니다. 부단한 노력과 영감과 창작열에 대한 은어들의 몸짓이라 말하고 싶습니다. 문인은 글로써 말한다고 합니다. 말없이 써 내려간, 그대들의 언어가 독자들의 가슴을 녹여 내리고, 그 감동의 물결이 강이 되어 또 한 번 새로운 세상을 열었다는 뜻일 겁니다.

은어는 맑고 깨끗한 물에서만 사는 물고기입니다. 순수 종합문예지인 〈문학秀〉 작가회가 배출한 여러 장르 작품들이 강을 거슬러 올라가 바다에 모여 펄떡거리는 싱싱한 물고기처럼 뛰노는 문학의 장을 펼쳐놓았다는 뜻입니다.

‘문학 秀 작가회’ 여러분!

이번 동인지 〈秀의 서정〉을 보면서, ‘문학 秀 작가회’가 어느새 이토록 훌쩍 자란 것에 감탄하면서, 회원들의 노고가 ‘문학 秀 작가회’의 기둥이 되어 우리 문학회를 떠받치고 있음에 한없는 든든함을 느낍니다.

감사합니다.

축하합니다.

그동안 가슴 조였던 모든 걱정은 이제 내려놓겠습니다. 언제나 아름답고 누구에게도 느끼지 못한 언어의 향기를 전해주는 작가회가 되어 주세요. 그리고 이번 동인지 창간을 하면서 보여주셨던 서로 간의 끈끈한 정과 신뢰로, 이향희 회장님을 비롯한 모든 회원들이 합심하여 언제나 귀 작가회를 잘 이끌어 가시리라 믿습니다. 창간호를 모태로 솔선수범하여 제2집 제3집이 계속 나올 수 있기를 기대합니다.

인생은 시간과 세월이 지나면 무너지고 쇠잔해 가는 것이 진리인데, 문학을 하는 우리네 인생은 세월이 지날수록 더욱 빛나고 향기가 전해짐에 얼마나 멋지고 황홀한 일인지요? 예술, 그중에도 문학은 우리가 없어지는 후세에도 작품은 영원히 남아서 우리의 존재를 지켜줄 것입니다. 그러니 이런 멋진 인생이 또 어디 있겠습니까?

다시 한 번 동인지를 만드느라 수고를 아끼지 않으신 작가회 여러분과 편집위원님들께 진심 어린 감사와 경의를 표합니다. 감사합니다.

문학秀작가회 발족위원회 좌측부터 임선규, 정소빈, 이향희, 김재분, 김재봉 작가님

2020 신인상 수상자들과 〈문학秀〉 관계자

2021 〈문학秀〉 문학상 수상자
대상 김우종, 문학상 이숙미, 작가상 이향희

이향희 수상자와 노용제 정은출판 대표

2021년
문학秀작가회 총회

2021년도 〈문학秀〉
신인문학상(제9호) 수상자
이영미, 이기숙,
김이랑, 송영순,
최영숙

2021년도 신인문학상 수상자와 〈문학秀〉 관계자

秀

차례

가족

박원명화

닮은 얼굴들이 오순도순 모여 앉아 있다. 어여쁜 그림을 바라보듯 나는 멀찍이 서서 흐뭇한 눈빛으로 바라본다. 전등 불빛아래 폭발할 것 같은 젊음의 활기가 흐른다. 식탁 위에 놓인 술이 담긴 잔 하나씩을 들어 올려 쨍하고 부딪치더니 이내 무성한 이야기꽃이 오간다. 세 남자와 세 여자가 머리를 맞대고 앉아 정답게 이야기를 나누는 모습이 무척이나 따뜻해 보인다. 그 모습을 보는 것만으로도 가슴에 찡한 감동이 흘러든다.

불도 켜지 않은 채 나는 어스름한 어둠 속 방안에 누워 밖에서 간간이 들려오는 이야기 소리를 귀를 기울여 듣는다. 낮에 아이들과 많이 걸어 다닌 탓인지 몸이 피곤한 것 같아 일찌감치 잠자리에 누워 있다 보니 괜히 나만 그 자리에서 밀려난 것 같은 묘한 소외감이 든다. 하지만 가족들이 둘러앉은 안락한 풍경은 어떤 명화에서도 볼 수 없는 소중한 그림이다.

아이들 셋을 키울 때는 저 아이들이 언제 커서 제 밥벌이를 하려나 걱정하던 게 엊그제 같은데 벌써 저희 자식까지 낳아 어엿한 부모로 살아가는 걸 보면 든든하고 대견하다. 셋이서 약속이나 한 듯 결혼도 알맞은 적령기에 해주어 내 어깨의 짐을 덜어준 것 같아 고맙게 느껴진다. 결혼하면 떨어져 살아야 하듯 직장 따라 제각기 살아가느라 가족이 다 함께 만나는 것도 쉽지가 않다. 나름으로 열심히 잘 살아 있는 것도 자식들이 내게 주는 가장 큰 효도의 선물이다. 보고 싶은 애틋함도, 가슴 떨리는 기다림도, 무소식이 희소식이듯 근심걱정 없으니 그런대로 참고 견디는 힘이 된다.

어울림은 사람 사는 단맛인 듯하다. 추석 연휴를 맞아 가족이 다 함께 모여 시끌벅적 어울려 지내니 세상 행복을 나 혼자 거머쥔 듯 온몸으로 흐뭇한 즐거움이 넘실댄다. 사는 수준도 비슷하고 성실하고 가정적인 면도 닮아서인지 내 자식 조카자식 가리지 않고 친구처럼 놀아 주고 친구처럼 챙겨준다. 부모와 자식 간이든 형제 남매지간이든 서로서로 밥 먹으라는 소리가 정다운 노래처럼 들린다.

큰 욕심 부리지 않고 정당한 기준가치로 살아가고 있는 것도 내 자식이라서가 아니라 반듯한 심성으로 사는 게 든든하고 진실해 보기에도 좋다. 특별한 일 없이 잘 살아주니 그 또한 내 삶의 든든한 바람막이처럼 느껴진다. 결혼한 이후, 나는 되도록 아이들 사는 일에 간섭하지 않으려 한다. 오랜 세월 지켜보면서 아이들에게 기대를 하고 있었던 것은 아니지만 한 가정을 이룬 인격적 존재로 보기 때문이다.

딸 시집보낼 때 죽어도 시집 문지방을 베고 죽으라는 훈계도 이즈음의 아이들에게는 전설처럼 들린다. 살아볼수록 아들만 있는 것보다 딸 있어 더 재미있고 화려한 것 같다. 떠돌아다니는 우스갯소리를 들어보면 세상에 3대 바보는 '며느리를 딸처럼 생각하는 여자, 사위를 아들처럼 생각하는 여자, 며느리의 남편을 아들로 생각하는 여자'라지만 나는 전혀 그렇게 생각하지 않는다. 검정 선글라스를 끼면 모든 사물이 어둡게 보이듯 부정적인 생각은 행복의 걸림돌이 될 수밖에 없다. 상대방이 어떤 마음을 가졌든 내 사랑만 견고하면 굳이 현미경으로 본 헛소문에 귀 기울일 필요가 있을까.

　북적북적 소란스러운 움직임, 생기 넘치는 소리, 재잘대는 어린것들의 다툼 소리도 화목하게 들린다. 욕심 없고 미움이 없는 싸움이니 티격태격하고도 금방 하하 호호 웃어가며 이 방 저 방을 통통 뛰어다닌다. 아가들이 떠드는 소리가 맑은 바람이 불듯 적적했던 귀도 시원하고 눈도 밝아지고 머리도 상쾌해진다. 삶의 리듬이 매일 오늘만 같으면 얼마나 좋으랴. 더도 덜도 말고 함께 있는 자체만으로도 행복이요 즐거움이다.

　며칠 동안 낙천적인 기분으로 살았던 듯싶다. 욕심도, 걱정도 죄다 잊은 채, 편안하고 느긋한 성자처럼 지냈다. 가족이라서 느낄 수 있는 공통분모 같은 대화가 무르익어 가는 편안함, 가슴속으로 한 그릇 따뜻한 우동 국물이 흘러드는 것 같다.

　3박 4일 명절 연휴가 끝나고 모두가 제 갈 길로 떠난다. 오래 같이 있어도 헤어질 땐 언제나 가슴에 구멍이 숭숭 뚫린 듯 아쉽고 섭섭하다. 하기야 곁에 있어도 그립고, 보고 있어도 보고 싶은 게 가족이란 이름이 아닌가.

'집에 잘 들어갔니?' 운전 경력이 오래인데도 안부를 묻듯 확인 문자를 보낸다. 특히 장거리를 가야 하는 아들과 막내딸에게 운전 조심하라고 몇 번이나 이르고서도 집에 잘 도착한 것을 확인하고야 마음이 놓인다. 이 또한 죽기 전까지 버리지 못할 모정의 애끓는 사랑인지도.

박원명화 ─────

· 〈한국수필〉 등단(2002)
· 〈사〉한국문인협회 이사.
· 〈사〉한국수필가협회 사무총장, 한국수필작가회 이사
· 〈사〉국제 펜 한국본부, 문학의 집 서울, 사임당시문회 회원
· 수상: 제9회 한국문협 작가상, 기행수필문학상, 제39회 일봉문학상,
　　　제15회 한국문학 백년상
· 저서: 수필집《남자의 색깔》,《시간속의 향기》,《길 없는 길 위에 서다》,
　　　《풍경》,《디카, 삶을 그리다》 외 다수

故 이한준 작가님을 추모합니다!!

이 땅에 인연이 있어서 세상에 나왔다가

이 세상의 인연을 한없이 맺었다가

다시 돌아 갔습니다

이 세상에 남겨 둔 것이 여럿 있지만

오롯이 나를 남겨 둔 것은 수필 두 편인가요

남겨진 것이 후손을 아프게 하였으니

사라진 것이 아니라 남겨진 것일 겁니다

그러니 너무 애석해하거나 슬퍼하지 마시오

당신이 남겨 둔 흔적은 우리의 또 다른 인연입니다

이제 남은 인연은 아름답게 남겨 두고 영면하소서

함께 하지 못한 아쉬움은 크지만

아름다운 사랑의 마음으로

국화꽃 한 다발 소복히 드립니다

2022년 가을

삼가 고인의 명복을 빌며 〈문학 秀 작가회〉 일동

부처님 곁으로 가신 어머니 외1편

故 이한준

아버지가 하시던 사업이 부도가 났다. 그때 나는 고등학교 일학년 이었다.

부모님의 연세는 47세, 48세이셨다. 어머니가 한 살 연상이었다. 슬하에 육 남매가 한창 성장기에 있어 우리 가족에게는 큰 충격이 아 닐 수 없었다. 큰 누님만 대학을 겨우 졸업했고 작은 누님은 갓 대학 을 입학한 상태였다. 세 동생은 줄줄이 초등학교에 다니고 있었다. 부도 후 빚쟁이들이 집으로 밀어닥치며 안방을 차지하며 아우성을 쳐대면서 평화롭던 집은 전쟁터로 돌변하였다. 감당할 길이 없자 아 버지는 한동안 친척 집으로 피신을 해서 계시기도 하였다. 채권자들 과 부딪히며 감당해 가는 일은 어머니 몫이었다.

당장 수입이 없어지자 호구지책으로 하숙생을 받기로 하였다. 방이 여섯 개라 우리 가족과 빚쟁이들이 안방과 부엌 옆 작은 방을 쓰고 나머지 방에 하숙생을 받았다.

하숙생은 주로 서울대생들이었다. 하루에 세 끼를 해주었기에 매일 같이 시장에 가서 장을 봐서 때맞추어 식사를 해주는 일은 몸이 약한 어머니 몸으로 감당하기에는 너무 벅찬 일이었다. 그러나 어머니는 내 집에 들어와 있는 사람들에게 음식을 잘해 먹여야 한다며 성의 있게 음식을 준비해 밥상을 차려냈다. 가녀린 체구로 먼 거리의 동대문 시장까지 가서 무거운 장바구니를 들고 힘겹게 걸어오시던 어머니의 모습이 지금도 뚜렷하다. 가슴이 미어진다.

그러나 그런 육체적 고통보다도 어머니를 더 힘들게 한 것은 친척들로부터의 빚 시달림이었으리라. 아버지가 하던 사업은 기계 건설 계통의 사업이었는데 공사 시에 큰돈이 들어가고 완공하면 돈이 빠지는 구조였다. 아버지는 공사할 때마다 필요한 자금을 어머니에게 빌려오도록 하였다. 어머니는 외가 쪽 친척들에게서 그때그때 빌려와 조달해드렸다. 부도 후 외가 쪽의 친척 한 분은 돈이 안 나오자 고등학교에 다니는 딸을 우리 집으로 보내 안방의 윗목을 차지하게 하고 학교에 다니게 하기도 하였다. 또 언제는 학교에 갔다가 왔더니 안방에 있던 흑백 티브이가 안 보였다. 친척이 빚 대신 가져갔다고 했다. 돈 앞에는 친척도 없었다. 한참 동안을 안방에는 부모님과 빚쟁이 서 씨 부부와 어린애 그리고 친척 이모뻘인 여고생 그리고 동생들이 같이 잠을 자며 지냈었다.

그렇게 어려운 생활을 4년 정도 보내고 아버지도 다시 사업을 조금씩 추스르기 시작하였다. 하숙을 쳤던 집을 처분해서 빚 가림을 하고 성북동의 달동네로 작은 집을 얻어 이사를 했다. 집은 볼품 없었지만, 집이 밝았다. 우리 가족들만 산다는 게 너무나 좋았다. 천국이었다. 무거운 하숙 일에서 벗어난 어머니는 불심을 다지는 데에 공을 들이기 시작하셨다. 추운 겨울날 새벽에도 찬물로 목욕 재개하고 절로 달려가시는 모습은 흔한 광경이었다. 동학사 비구니 수련원생들을 찾아가 법복 공양으로 회갑연을 대신하기도 하였다. 아버지가 다시 사업을 하게 되면서 집안 살림도 조금씩 풀려나갔다. 어려울 때 모질게 했던 친척들도 다시 왕래를 하고 어머니는 그들에게도 마음을 열고 다시 가깝게 지내셨다. 쉽지 않으신 일일 텐데 불심으로 이를 극복해 내신 것이리라. 그러나 팔십 대 중반이 되면서 어머니는 몸이 서서히 쇠잔해지시면서 폐렴이 악화되어 병상에서 오 년 정도 힘든 생활을 하시다가 구십 세에 눈을 감으셨다.

어려웠던 속에서도 빛나던 어머님의 강인한 정신과 남을 배려하는 자비로움은 나의 삶의 방향에 깊이 스며들어 지금까지 살아가는 데에 큰 지주 역할을 하고 있다고 생각한다.

어머니가 돌아가시고 공원묘지에 모시고 나오는데 우리 자손들은 놀라지 않을 수 없었다. 어머니 묘지 옆 10미터쯤 거리에 어머니와 동명이고 본도 같은 죽산 '박'씨 '만례' 명의의 또 하나의 묘지가 자리하고 있는 걸 목격하게 되었다. 불교 법명인 "박만수행"도 똑같았다. 박만수행 분이 지근 거리에 또 한 분이 누워 계시다니 예사로운 일이 아니었다. 아마도 부처님이 외롭지 말라고 두 분을 가까운 데로 모이게 하신 게 아닌가 하는 생각이 들었다.

부처님 품 안으로 들어가신 어머님! 이승의 모든 고달픔 잊으시고 친구분과 같이 편안히 영면하시옵소서.

가을이면 생각나는 사람

아침저녁으로 스산한 요즈음이다. 계절적으로 가을 이맘때가 되면 사람들은 여러 가지 상념에 빠지게 된다. 여태까지 살아오면서 만났던 사람들 중 잊혀지지 않은 인물들의 얼굴을 떠올려 보곤 한다. 잠이 안 오는 가을밤에 잊혀지지 않은 사람과 있었던 추억거리를 소환하여 되새겨보는 것도 의미 있는 일일듯하다.

고등학교 들어가면서 아버지가 하던 조그마한 사업체가 부도가 났다. 빚 정리가 안 되자 채권자들이 집으로 몰려들고 아버지는 친척집으로 몸을 피신해 살았다. 육 남매를 두신 가운데서도 어머니께서는 호구지책 차원에서 하숙을 치기로 하였다. 다행히 방이 여섯이라 4개의 방에 학생을 받았다. 하숙생들은 주로 서울대생이었다. 부모님께서는 육 남매 중 장남인 나에게만 특별히 하숙생과 같이 방을 쓰도록 신경을 써주었다.

　반헌수 형님이 룸메이트로 내가 고교를 졸업할 때까지 같이 있었으니 거의 3년을 같이 지낸 셈이다. 부산 출신이고 서울 법대 3학년에 재학할 때 우리 집에 입주를 하였다. 키가 크고 안경을 쓴 인상이 겉으로는 샤프한 인상이지만 인정이 많은 분이었다. 턱이 뾰족한 것이 미국 배우 커크 더글러스를 연상하는 얼굴이었다. 사법고시를 준비하고 있었다. 하숙 자리가 빌 때마다 신입 하숙생을 데려오는 일은 거의 형님의 몫이었던 것으로 기억한다. 팍팍한 하숙집 살림 형편을 누구보다도 알고 헤아린듯하다.

　신입 학생을 데리고 올 때면 골목 입구부터 큰 소리로 웃으며 소리치면서 들어서던 모습이 선하다.

　"아주머니 새로 한 사람 데려갑니다"

　그처럼 인정 많고 솔직한 분이었다. 내가 고교졸업하고 첫해에 대학입시에 실패하고 힘이 빠져 있을 때인데 하루는 그 당시 유명한 불고기 식당인 '삼오정'으로 데리고 가서 불고기를 푸짐하게 먹여주시며 저에게 용기를 불어 넣어주면서 하시던 말이 생생하다.

　"한준이! 절대로 실망하지 말그레이. 한 번의 실패는 약이란다." 집에서 용돈을 올려다 쓰는 고시생의 주머니 사정에서 나에게 힘을 넣어주기 위해 각별히 신경을 써 준 것이었다.

　고시 공부하던 때에 가끔 약혼자가 찾아와 형님의 느슨해진 공부

열의를 다잡아주곤 하던 것도 잊혀지지 않는다. 형님을 만나러 왔다가 못 만나고 가면서 약혼자가 형님의 책상에 써놓고 간 메모를 보고 나중에 껄껄껄 웃으시더니. 그 메모는 저한테까지도 자극을 주었다.

"헌수 오빠!"

"오빠가 하여야 할 것은 첫째, 공부 둘째, 공부 셋째도 공부에요. 잊지 마세요."

형님의 분발과 약혼자의 성원 덕인지 졸업하던 해에 무난히 사법고시에 합격하고 검사의 길을 걸어갔다. 그러나 형님에게도 모자란 부분이 있었던 모양이다. 워낙 애주가 인데다 과음을 절제하지 못해 당뇨 지병이 악화되어 칠십의 중반 나이에 저세상으로 가셨다. 얼마 전에 형님이 계셨던 변호사 사무실 앞을 지나면서 유난히도 푸른 가을 하늘을 보았다. 거기에는 생시처럼 껄껄껄 웃는 형님의 밝은 모습이 낮달처럼 떠 있었다.

故 이한준 ────

· 서울동성고등학교, 고려대학교 경영학과 졸업
· 〈문학秀〉 수필부문 등단, 신인문학상(제5호)
· 대한송유관공사 부사장
· 한국풍력산업협회 사무국장
· S&S Inc, 감사

시

권혁선 김성현 김용태 김재봉
김정순 김치환 배판범 변춘애
오학수 이상철 이향희 장수금
정소빈 조숙자 최영숙 하수엽

권 혁 선

내 고향 함박눈
선생님을 만나다
도깨비에 홀리다

충북 음성 출생
〈문학秀〉시부문 등단, 신인문학상(제4호)
일성여고 졸업
일성여고 시낭송 대회 입상
포일남교회 권사
저서- 시집《눈꽃 속에 님의 음성》

내 고향 함박눈

이월의 함박눈이 쌓이네
눈송이마다 고향 눈 닮았네
내 맘 눈송이 따라 훨훨
내 놀던 강당마을로 날아가네

친정집 장독대 소복소복
앞마당 미나리꽝에도
개울가 방아다리도
그리운
함박눈은 쌓이네

오늘도 함박눈 쫓아서
그리움의 끈을 놓지 못한 채
먼 고향의 들녘을 헤매네.

선생님을 만나다

그리움이 쌓인 세월이

강산이 여섯 번 지나갔네

분희와 난 오늘 뜻깊은 여행길에 나섰다

초등학교 5학년 담임 선생님 뵈오러

새벽부터 들뜬 맘

구름도 하늘도 들떴네

뵈옵는 그 순간

우리도 선생님도 꿈인가 현실인가

그 핸섬보이 선생님은 어딜 가셨나

그 앳된 소녀들은 어데로 갔나

얄미운 세월이 무정한 세월이

모두 빼앗아 갔네

구순을 바라보는 한 노인이

목메어 우리 손을 잡으시네

예쁜 소녀는 고희가 넘은 할머니 되어

선생님 손을 꼬옥 잡은 채
그 핸섬보이 선생님을 그리워하네

흐르는 세월을 원망하며
아쉬움에 흐느끼며
그래도 건강하심에 감사하며
내년 5월 스승의 날을 기약하며
다시 뵐 수 있길 주님께 기도하네

분희와 난 성공한 삶이라 자칭하며
선생님과 우린 하하 호호
환희에 찬 하루였네.

*초등학교 은사 심만섭 선생님께 이 시를 바칩니다

도깨비에 홀리다

옛날엣적 어린 시절
동네방네 어르신들
도깨비를 보았다고
도깨비에 홀렸다고
수군수군

둔벙산 모퉁이에
도깨비 산다고
도깨비집 있다고
우리 옆집 순희 아버지
밤새 도깨비 쫓아다니다
새벽녘에 집에 오셨다네

정말 도깨비가 있는 걸까?
아직도 아리송해
어린 시절 내 고향 둔벙산에

우린 무서워 가지 못하고
바라만 보았네

이순이 넘은 지금
그 도깨비가 보고 싶다
아련한 추억의 향수야
너를 붙잡고 울고 싶다
그 고향 어머님 아버님
모두가 그리워진다
한낱 꿈인 것을.

김 성 현

순한 올리브
청산도靑山島
실명失明하는 봄

인천 출생
〈문학秀〉 시부문 등단, 신인문학상(제15호)
27년간 입시 강사
2019년 전남 고흥 정착
박물관 해설사 활동

순한 올리브

바다로 난 걸음 걸음
올리브를 심은 건 나인데
심긴 것도 나였다
청맹과니, 귀머거리 어설픈 나잇살에
온 하루를 들여
또 하나 열리는 세상
달도 어둑한 귀갓길인데
죄 지은 것 없어 환하다.
오늘 나를 심은
올리브는 아프게 나를 묻고
일찍 세상을 떠난 벗처럼
순하디 순한 열매를 꿈꾸라
내가 잠시 빌려 살다갈
머잖은 이승의 훗날…
순하게 사는 것이 결코
못나게 사는 것은 아니라고
자랑 같은 열매로
너는 맺히라.

청산도 靑山島

이름이야 네 것인데
푸르기는 내가 푸르다

청산도

바람 바다 머리 푼
그믐 초승날
세상살이 드난살이 여러해살이
더러는, 설움도 품고 가는 길

잊는다…
눈 감고 벙어리 되어
너울 넘는 한살이
정한수 새물에 몸을 씻는

청산도

하늘 향해 눕기는 네가 누워도
보름사리 꿈이야 내가 꿈꾼다.

실명失明하는 봄

- 22년 3월

책을 덮는다

잘못 읽지 않기 위해

세상 읽기를 그만 둠에랴.

책갈피를 푼다

아무데나 펼쳐도 무망한

허송의 두께.

역사는 어쩌면

기억 끊긴 술자리를 닮았다

번번이 빗금 가서 어그러지는

달고나 뽑기처럼

사람을 뽑는 일의 허튼 주술.

내가 사는 세상도 대단원은 아니었다

남의 탓하기 딱 좋은

내 탓의 무게에

어제의 꽃송이 그저 지기만 하고

쌓인 것 없이 마주하는

무수한 현재들의 또 하루

창을 닫는다

깨어있지 않기 위해

깨어나지 않으려 함에랴.

김용태

노거수老居樹
당신
상여

號 洛山
〈문학秀〉 시부문 등단, 신인문학상(제10호)
문학秀작가회 회원
대구 능인중학교 교장 역임
한국카운슬러협회 대구 회장 역임

노거수 老居樹

너를 닮은 나

눈물이 난다

울지 않으려고 했는데

어느 한 곳 성한 곳이 없다

주저앉아

힘겨운 시간들을 내려놓을 때

노을은 땅거미를 타고

곁에 와서 눕는다

세찬 바람에도

눈비를 맞아 왔다

내 생애의 습기와

주름진 이마

노거수의 휘어진 가지와

웅이진 둥치처럼

나는 조각되었다

삶의 세월을

조형물로 조각한 주름진 얼굴

따뜻한 차 한 잔 생각이 난다

당신

아픔과 슬픔과 웃음을
하늘이 끝나는 그곳까지
당신은 그렸다
보이는 곳에서
보이지 않는
삶을 그렸다
강물이 되기까지
꿈의 저 편에서
유유히 흐르는 물을
당신은 그렸다
우리의 삶을
그리고 인생을
기다란 나무 그림자까지

상여

한생을 메고 간다

만장을 앞세우고

소복 입은 여인

눈물마저 잃었다

가는 길

산허리에

진달래

선홍피를 토해낸다

생채기를 내어 가며

눈물 흘리고

꽃망울 붉게 물들인다

삼우三虞 날

꽃 진 자리에

동박새 울고 있다

김 재 봉

엄마가 왔다 가셨나
그 꽃을 쳐다보면서
연둣빛 마음 살아있었어

〈문학秀〉 시부문 등단, 신인문학상(제3호)
전 KB국민은행 지점장
전 법정관리기업 대표이사
현 (주)희망설계 스타트업 컨설턴트
저서- 우리 문화유산 여행《떠나보자 저 끝 묻지 말고》

엄마가 왔다 가셨나

엄마가 왔다 가셨나
툇마루 댓돌
눈을 뗄 수가 없어

그분의 흔적
젖무덤 냄새가 배었다

흐트러진 신발
반듯이
가지런하게

아들아
참 고생이 많았겠구나
여기까지 오느라고
아! 나의 어머니

남들이 얕잡아 본다고
신발을 닦고 또 품고

엄마. 나 힘들었어요
막 벗어논 신발
반듯이 가지런하게

엄마. 그런데
왔으면 보고 가야지. 나
흐르는 눈물은
누가 닦아주라고…

그 꽃을 쳐다보면서

꽃은 아름답다고 하지만
늘 하늘 아래에 있지
파란 하늘 아래에

꽃은 무지개 프리즘이지만
늘 하늘 배경 속에 있지
파란 하늘 아래에

꽃은 하늘의 전달자
꽃은 나의 영원한 동반자
그 꽃을
우러러보는 것은 당연하지
함께 가야 하기에

꽃은
땅에게 늘 늘 고마움 갖기에
가끔은

고개를 숙인다

나는 그 꽃을 쳐다보면…

연둣빛 마음 살아있었어

명자 누나
꽃피는 우리 동네에서 최고로 이뻤는데

꽃 몇 번 피고 지니
하얗게
어느새 나도 하얗다

사랑한다. 아니지
그냥 좋아한다 말이라도 하고 싶었는데
세월만 흘러서

봄이 오고 가면
말이라도 하고 살아야지
헛헛한 세월 흘러간 뒤 후회하면 무얼 해

붉은 꽃에서 하얀 꽃으로
아직은 이쁘다

봄은 지나간다. 그렇게
늘

벚꽃도 지고 바람에 흩날리니 연둣빛만
오호라!
그래도 연둣빛 마음은 남아있었구나
아직 살아있었어…

김 정 순

시골감자
막걸리 1
백범사에서 개구리 보며

〈문학秀〉시부문 등단, 신인문학상(제13호)
시낭송가 전국시낭송대회 대상
〈사임당문학〉시문회 회원
대한민국미술협회 한국화 이사
한국전통미술협회 초대작가 등

시골감자

금방 쪄낸 햇감자
한입 베어 먹는 순간
어릴 적
울엄마와의 추억보따리

배고파 학교에서 돌아와
그 맛나게 먹던 그 시절
고구마 사과 한 광주리
감자에 목이 메인다

울퉁불퉁 모질게 살아온 울엄마

다시 볼 수 없는 그리움
고귀한 삶을 오직 자식 사랑에
헌신하신 울엄마

저너머 감자보다 더 큰 영롱한
큰 별이 되셨다.

막걸리 1

땅거미 진
인사동 골목

더운 폭염에도 멋진 예술제에
보양식 한 그릇
지친 삶 생기 불은 뒷풀이
막걸리로 목을 축인 우리들의 이야기

예술로 모인 사람들과
마시는 정
축배의 잔

열심히 살아왔는데
더 잘 살아왔는지 자문해보고

한 잔 속에 하루의 피로 씻기듯
인생의 예술을 마시고 있다.

백범사에서 개구리 보며

해 질 녘
초록빛 영가
울어대는 노랫가락
도랑의 물속 들여다본다

개구리 합창소리
수많은 별빛 쏟아지는 밤하늘
풀벌레소리 장단 맞춰
밤의 열기 식을 줄 모르게 수 놓았다

친구들과 미소 짓는 바람소리
자연과 힐링 되는
사랑의 메아리

이제는 그날의 열정으로
뜨겁게 사랑하고
재충전하는 힘이 되었다.

김 치 환

찔레꽃은 그 자리에 있습니다
인생산행 2(지리산 담론)
우리는 살아져야 합니다

1964년 경남 하동 출생
〈문학秀〉 시부문 등단, 신인문학상(제6호)
서초문인협회 회원. 갯벌문학 초대문인 작가
공저 〈순수 날라리〉 제1집, 제2집
인생산행TV 유튜브 채널 제작 운영
현) 법무법인 〈겨레〉 재직

찔레꽃은 그 자리에 있습니다

양재천 돌다리 건너
하얀 꽃단지에 다가갔습니다
그곳에는
찔레꽃 잎사귀가 싱그럽게
바람에 일렁입니다
찔레꽃 줄기를 꺾어서
맛을 보았습니다
밋밋한 맛이 가슴을 울립니다

그 세월을 잊지 않았던 모양입니다
배고파서 먹었던 그 소년이 있었고
돌아오지 못할 곳을 가신
아버지 꽃상여 곁에
그 찔레꽃이 조용히 맞이하였지요

어느새 훌쩍 자란
막내 군대 가는 날에도

찔레꽃이 슬며시
손 흔들어 주었습니다
이제
그 찔레꽃은 어깨를
토닥토닥 그 자리에 있습니다

인생산행 2 (지리산 담론)

그날의 여명黎明이 구름을 가르고
그 틈을 따라 백무동 돌계단을
몸따라 걸어 오릅니다

어둠을 머금은 소나무에는
그들이 언뜻언뜻 보여집니다
돌계단이 익숙해질 무렵
발아래 구름은 다툼을 거두고
산영山影을 내어 줍니다
6월의 산 색깔이 남색으로
진함이 더해집니다

어느덧 허리까지 차서
기운이 다 할 쯤에
그 기상이 눈을 뜨겁게 합니다
그러합니다 지리산 천왕봉天王峯입니다
그 자태를 보려면 포기하고픈 것을

수백번 포기하여야만 합니다

천하 선경仙境이 눈을 시리게 하더니
어느새
뜨거운 것이 볼을 따라 내립니다
이 산은 그 기상이 담대하여
저 끝을 쉼 없이 달려
광야曠野까지 품었을 것입니다

오늘
이 산과 함께 구름속으로 사라져 갑니다

우리는 살아져야 합니다

이른 아침 절벽 끝으로
걸어갑니다
그리고 익숙해진 버스를 타고
익숙해진 곳으로 담겨져 갑니다

뉴스 속에서는
죽일놈, 나쁜놈
끝을 알 수 없는 나라 살림
그리고
이어진 우리의 살아지는 그늘
졸음에 그것은 잠시 잊었습니다

버스에서 발을 바닥에 딛는 순간
종종거리며 사람들 속으로
사라져 갑니다

우리는

이 세상 속에서 살아져야 합니다
우리는 그러라고 태어난 것이에요

배 판 범

개여울
섶다리
주산지

1950년 대구 출생
〈문학秀〉 시부문 등단, 신인문학상(제6호)
대구광역시교육청 공립중등교장 역임

개여울

가을이 왔는지

낙엽 하나

하늘 처다보며

개여울로 흘러갑니다

그 사람 떠난 나처럼

그 세월 감당하기 힘들다는 걸

몰랐는지

저 혼자 흘러갑니다

왜가리 한 마리

여울목 아래

꼼짝 않고 서 있습니다

낙엽도

나도

왜가리도

그림 속 쪽배도 혼자입니다

섶다리

강이 아니고 내가 흐른다

섶다리 내려다보며

지친 몸 이끌고

고향으로 돌아간다

돌아보니 한 평생

섬뻑 지나갔다

저 멀리 아내 얼굴

눈물 되어 흐른다

누구의 뜻 따라

여기까지 왔는지

아내에게 물어본다

나지막한 노래 소리

구겨진 내 그림자를

섶다리 아래로

던져버린다

주산지

늙는다는 것은
몸에 병 하나 들인다는 것
비바람에 팔 부러지고
꺾인 몰골 숨길 수 없네
물속 반쯤 몸을 넣고
삼백 년 하늘 말씀 잘 들은
주산지 왕버들
가는 길도
오는 길도
다 꿈만 같다 하신다
찰랑거리는 물결 위
머물지 않는 바람처럼
한 생 잘 건너간다 하신다

변 춘 애

보잘 것 없지만
비 오는 날
건망증

─────────────────

〈문학秀〉시부문 등단, 신인문학상(제14호)
전 CBS아나운서, PD. CBS여성 정년 1호
강서문화원 문예창작반 회원, 가산문학회 회원
자기계발서 《우먼그레이》 발간(2020)
유튜브 『파고파고 두더지-두(여자의) 더(재미있는 지(식토크)』 크리에이터
50+ 『상처를 최소화하는 소통방법』 강의-소통크리에이터 활동
지하철안전문 시 당선 《이불 빨래하던 날》(2019)

보잘 것 없지만

거베라, 히야신스, 크로커스
이런 화려한 외래종 꽃은
귀하게 사랑받고 있는데

토끼풀, 민들레, 질경이
어려서부터 정이 든 우리 꽃은
쓸모없는 풀로 무시되고 있다

DZ, YX, 프란체스코 같은
이런 이름의 사람들은
존경받고 받들어지는데

마당쇠, 말뚝이, 밥순이
이런 옛 이름의 민초들은

개똥밭의 잡초로 밀려났다

헐벗은 우리의 산과 들을
푸르게 가꾸어온 것은
튤립이나 거베라가 아니라
질경이 민들레들이다

반만년 역사를 지켜낸 것은
DZ나 스테파노가 아니라
마당쇠, 밥순이들이다

금수저는 장식품일 뿐이지만
흙수저는 귀여운 아기에게
사랑과 생명을 주는 용구이다

남의 화려함을 흉내 내기보다
소박하지만 진솔하며 꿋꿋하게
나의 길을 가고 싶다

비 오는 날

아스팔트 위 물방울들
휘몰아치는 바람에 밀려
허겁지겁 달려간다
일상에 쫓기는 우리들 같다

바람이 약할 때는
평화롭게만 보였던 것이
바람이 거칠어지니
전쟁터의 피란민들처럼
쏠리고 밀고 밀리며
밟히다간 꺼지기도 한다

가만히 바라보고 있으니
꺼져가는 물방울의 비명이
내 가슴 속까지
왁자하게 밀려온다

건망증

컴퓨터가 부른다
서둘러 전원을 켠다

내가 왜 왔지?
무엇을 하려 했지?

냉장고가 부른다
바쁘게 달려간다
내가 왜 왔지?
무얼 꺼내려 온 거지

약장으로 갔다
무슨 약을 먹지?

책장으로 갔다
어떤 책을 읽으려 했지?

이쪽으로 가면
저쪽에서 부르고
익숙한 얼굴과 만나도
할 일을 깜빡한다

정신은 어디 두었는지
그것부터 찾아야지만

놔둔 곳을 모른다.

오 학 수

남은 사랑

님

망자의 번뇌

공주 출생
〈문학秀〉 시부문 등단, 신인문학상(제15호)
충남 시낭송대회 최우수상 외 다수
공주대 청렴 시민 감시관 활동
세종시 귀촌

남은 사랑

덩그러니
텅 빈 가슴 어찌하려나

손길 발길마다 스쳐 간
님 향기는
그리움 살아 숨 쉬고
바람되어 잡을 수 없는
그림자
만고의 예술품은
가슴속에 쌓인다

노래를 부르고 말을 해도
허공 속에 맴돌고
대답 없어 놀란 혼미한 일상
거울 속 허물 벗지 못하고
한 송이 물끄러미 바라보며
님 온기 안아 봅니다

님

백설
화창한 봄날
비 오는 창가에도
추억은 춤을 춥니다

그리움 지쳐 갈 때면
보고 생각한 아련함을
구름 속에 감추어 봅니다

어쩌다 꿈인 듯 접고
해몽 실마리는 혼돈을
거듭하며
현실 이상은 가늠하지
못합니다

용기 없는
나지막한 떨림에

빈 술잔 따르고 채우며

오늘도 님인 듯 취해 봅니다

망자의 번뇌

이승의 골 바람
찰나에 날려 버린
망자의 발자국

속세에 기웃거리며
인연의 뿌리 마디마디
거미줄에 걸린 업보

마지막 부고 요령 소리에
생시 꿈인가
놀란 혼백은
공포기 안내를 받는다

순간 고별만 있을 뿐
엄숙함마저 흐트러진
고요함
참잔 마지막 술을
붓는다

이 상 철

다르구나
불사조
하얀 민들레

〈문학秀〉시부문 등단, 신인문학상(제5호)
강원도 내 고등학교에서 역사 교사로 19년 6개월 근무
강원도 내 중고등학교 교감, 장학사, 장학관 역임
강원문학교육연구회 회원
문학秀작가회 회원

다르구나

7월
칠흑 같은 밤
마른 아스팔트 길 한 가운데
양발 의지하고
곧추 서서

동편 하늘 보니
백조자리

북쪽 하늘 보니
북두칠성
북극성

나는,
제자리 서서 반걸음만
돌아섰을 뿐인데
보이는 하늘이 다르다.

반걸음
반 발짝
달라지면
다르게도 보이는구나.

그렇구나
다르구나

조금만
일찍 보였으면
좋았을 텐데
이제 보이는구나.
늦지 않았으면
좋을 텐데…

불사조

나만 혼자
그대로인가…
모든 것이 변해가는데
나만 혼자
불사조인가 봐

하나 하나
돌아보면
계절 모양도
예전이랑 다르고
맺은 인연도
55년 바뀌었는데…

어렸던 친구들도
하나 둘
며느리 맞고
사위 봤다는데

나만 혼자
그대로인가 봐.

나는 혼자
그대로인데
거울에 서 있는 사람
내가 아니네.

나는 분명
그대로인데

내 앞에 서 있는
저 낯선 사람은
누구일까?

하얀 민들레

내 사랑을 그대에게
두 손 모아 드립니다.
양손 가득할 내 마음 부족하다면
바람결에 떠돌다가
당신 발자국 뒷 켠에
가만히 내려앉아
당신을 기다리렵니다.

당신이 돌아오지 않아도
당신 흔적 남은 곳에서
당신 체취 느껴보렵니다.
그게 내 사랑입니다.

내 사랑을 그대에게
모두 다 드립니다.
선분홍 진달래
진분홍 철쭉만을 바라보다

눈길 한번 주지 않는
당신 발치 아래에서
하염없이 기다리다.

바람이 나를 흔들어
저 멀리 보내버려도
하늘 높은 곳에서
당신 얼굴 보는 것도
내 사랑입니다.

내 사랑 모든 것을 당신께 드립니다.

이 향 희

천지개벽 天地開闢 아리랑
평행선
호수공원 수채화 新 曲水流觴(신 곡수유상)

〈문학秀〉 시부문 등단, 신인문학상(제3호)
부산대학교 국어국문학과, 호남대학교 대학원 졸업
〈대한문학〉 수필부문 등단
한국문인협회·사임당시문회 회원
대한문학작가회장, 문학秀작가회장
삽량문화제(1,2회) 전국백일장 심사위원
호남대학교 외래교수(전),
경희대학교문화관광대학원 출강(전)
고양문화원 인문학, 수필쓰기 강사, 폭력(성.가정.학교) 예방교육 강사
대한문학작가상, 〈문학秀〉 작가상 수상
수필집-《꿈을 다리다》외 공저 다수

천지개벽天地開闢 아리랑

太易(태역)

혼돈의 우주 속

궁창이 열리면

햇살과 바람 물방울 섞어

하늘 씨 한 알

땅으로 내린다

天 開(천개)

地 闢(지벽)

곱게 편 입술

하늘씨 물고

굳게 오므리는 경외의 세계

어디 앓지 않고 태어나는

생명 있으랴

가슴앓이 배앓이로

깊어가는 희원이여

胎(태) 가득 부풀어가는

太極(태극)의 알

홍익인간 꿈꾸며 부르는 찬가

아리랑 아라리오

평행선

빈 하늘 채우며
네게로 가는 길

가도 가도 너는 거기
꿈속 같아서

하 멀어 못 그릴세라
상장喪章으로 피는 구름

노을에 숨어 가면
닿을 수 있을까

번지고 스미어
진달래꽃물 들다

바람도 에돌아가는
그대에게 가는 길

호수공원 수채화

- 新 曲水流觴

바람 호오-呼

수면 흐읍-吸

숨결 맞추며 춤추는 호수

누가 띄웠을까

물고기 떼가 만든 포석鮑石 물길 위

꽃술잔 하나

순배巡杯를 도네

곡수유상

꽃 지며 꽃 피며

향기 더 붉어 떨어지며 피는 꽃

낙화 술잔엔

다시 봄이 출렁이고

어찌 하나, 시가 되지 못한

나의 봄이여

취하고 싶어라

유상곡수流觴曲水

잔은 흘러가는데

---

* 曲水流觴: 옛날 궁중의 후원에서 삼짇날 문무백관(文武百官)이 곡수의 가에 자리하고 있다
가 임금이 띄운 술잔이 자기 앞에 오기 전에 시를 짓고 잔을 들어 술을 마시던 풍류놀이를 이
르는 말. 경주 포석정은 통일신라 시대 유상곡수를 즐긴 흔적이다.

장수금

Zoom in & out
운송장 2022 0101
땅따먹기

〈문학秀〉시부문 등단, 신인문학상(제13호)
숙명여자대학교에서 서양화를 전공하고, 책이 좋아 한국일러스트레이션학교와 어린이책작가교실에서 공부했다. 다양하고 새로운 생각과 그림을 책에 담길 원한다. 2005년 한국출판미술대전 논픽션 부문에서 금상을 받았고, 좋은 책 기획에 힘쓰고 그림 그리기를 한다. 기획하고 쓴 책은《지금 가장 무서운 건 누구?》(공저)가 있고, 그린 책《건축물에 얽힌 12가지 살아있는 역사이야기》등, 기획한 책《지금 가장 소중한 것은》,《친구가 좋아하는 아홉 가지 이야기》등이 있다.

Zoom in & out

·································· 태초에

우주 천지 만물 · 당신이 없다면 허상

온 세상 지구 · 삶의 경험으로 저승에 가고

조국 이 땅 · 대대손손 뿌리내려 역사를 이루고

이 자리 · 이런저런 상처를 주지만 한배를 탄 나그네

가족 · 고난의 굴레 고행의 간이역 지친 심신의 안식처에서

나 · 흔들려도 쓰러지지 않고 꺾여도 끊어지지 않는 한 점으로

점 , 한 영혼이 당신을 만나 천지에 중심이고 만물의 시작이 되었네

운송장 2022 0101

생각한다

여러 번 많이

후회도 많았지만 가끔 좋은 적도 있었다

내 잘못된 선택으로

지금도 남아있는 흔적을 지워가고 있다

신중하기로 했다

그러나 또 생각한다

이리저리 재기도 했지만 다시 마음을 뺏겼다

생각을 접었다가도

핸드폰을 몇 번이고 들었다 놨다

끌리면 결정해도 괜찮아

그것도 행복이야

아니다 싶으면 좀 손해 보면 어때

선택했어 난

날 찾아올 것을 믿자

없어도 살 수 있으련만 무엇에 끌렸을까
소식은 없고 기다리란 메시지만
기다리기로 했으니 기다리자

무수히 많은 기억과 사람들
잠시 너를 잊고
내 발걸음은 집으로 향해
늦은 밤
문 앞에서 너를 만나다

기다림의 끝
칼을 들고 나는 너를 연다

땅따먹기[*]

가위 바위 보
보자기가 가위를 감쌌다고 우긴다
그래 너 먼저 해 세 번에 들어오기

조심해서 한 뼘 내 땅
다음번에 조금만 더
힘세게

한 번은 그냥 잘못 건드렸단 너
두 번은 한눈파는 사이 저만치
어이없지만 그래도 또 참자

작은 돌 조심히 튕겨
간절히 한 뼘 땅 내 땅
뼘 재기로 덤이 되는 희망

바위같이 큰 돌 갑자기 날아와

판 다 덮고

그냥 그 자리 눌러앉아

한입에 먹어버렸다

* 땅따먹기 : 전통 놀이. 각자 집을 정하고 작은 돌 등을 손가락으로 튀겨 세 번에 자기 집으로
  들어간다. 지나간 자리의 안쪽이 자기 땅이 되고, 자기 집과 정해진 판의 가장자리를 뼘으로
  재서 그 안쪽도 자기 땅이 될 수 있다.

정 소 빈

어제 그리고 오늘
시선
삶, 조각 속에 새겨진 그리움

아호 瀾逢
〈문학秀〉 시부문 등단, 신인문학상(제1호)
문학秀작가회 정회원
영란문학회 정회원
영란문학회 사무국장
그룹전 및 단체전 공모 다수 출품
대한민국 정수 미술대전 공예부분 특선

어제 그리고 오늘

긴 계절의 한 가운데
어둠의 경계를 지난
새로운 오늘의 나

일상의 파동 속
파도를 꿈꾼다
그리움의 원형이 사라져
희미해질 때까지
지나는 시간을 기웃거려본다

시간이 흐를수록 선명해지는 기억
고요히 흐르는 물결 속에
들어있는 그대의 상념
빛과 어둠의 변화도 경계도 없이 부드럽다

푸르게 치장한 오늘
보이지 않은 것들을 더듬어

또 다른 눈을 연다

긴 계절의 한 가운데
어둠의 경계를 지난
새로운 오늘의 나

시선

지나간 시간 위로 삶이 흐른다
바래지 않은 마음 그곳에 남겨둔 채
시선은 아득히 날아간다

두고 온 굴레 위로 삶이 흐른다
바래지 않은 흔적 그곳에 남겨둔 채
삶에 스미어 함께하기를

표상表象의 공간 너머
빛으로 일그러진
또 다른 세계

기나긴 자락 끝에서
또 한순간이 재촉한다
상처는 아픔이 되기도
길이 되기도 하는 것

새로운 날의 울림이

너에게 담아 길이 될 수 있기를

고요한 시선으로 나의 삶을 이끈다

삶, 조각 속에 새겨진 그리움

삶의 뿌리를 내린다
한낮의 뙤약볕에
단단해진 세상 속으로

삶의 목마름이 더한다
숨이 스치고 간 모든 길로
눈물을 씹는다

눈 감으면 아른거리는
그리움의 조각들을 이어
바람결에 흘려보낸다

내딛는 걸음 속
꽃송이마다 소박한 미소가
돌담을 지나 해질녘까지 빛난다

붉게 물들이는 하루의 가장자리

빛은 어둠을 끌어안고
절정의 순간 없이 지속된다

조숙자

천국 길 body guard
그리운 내 손자
나의 별

1942년생, 경남 함안
〈문학秀〉 시부문 등단, 신인문학상(제14호)
서울디지털대 문예창작과, 중앙대 행정대학원 수료
국제라이온스클럽 송은클럽 초대회장
재경함안군향우회 전 여성회장
(주)태성전기 부사장

천국 길 body guard

산소 같은 그는 천국 길

body guard

아버지가 내게 주신 거룩한 선물

어두운 내 인생길

등불이 되어 내 주님 계신

천국 길동무라

여기며 그가 가는 천국 길

동행同行하길 바라오

그리운 내 손자

고사리손으로 할미 얼굴
어루만지고 행주치마 꼬리 잡고 놀던 그 모습
꿈결같이 지나가고

천리 타국 널 보내고 베개 속 적신 날도
헤아릴 수 없는데 전화기 붙잡고
할머니 많이 많이 보고 싶어요
목 메인 그 한마디 귓전에 아련한데
만날 날 기다리는 애끓는 할미 마음
너도 알고 있는지

오늘따라 내 손자가 왜 이리 그리운지

나의 별

내 마음속의 별
언제나 반짝이는 별
그 별은 내 가슴에 별
슬플 때나 괴로울 때는 사막에서
오아시스 같은 별
내 가슴속에 그 별들이 없었더라면
난 험한 세상을 나갈 수 없을 것 같다
잠 못 이룬 밤에도 꼭 그 별을
생각하면 마음에 위로가 된다
나도 누구의 가슴에 별이 되기 위해
노력할 것이다

최 영 숙

무너지지 않는 울타리
석별
옥잠화

아호 惠伶
1967년 전남 완도 출생
〈문학秀〉 시부문 등단, 신인문학상(제9호)
서초문인협회, 시문회 회원
신사임당 예능 백일장대회 격려상 수상
심리상담사, 자기성향분석상담치유사

무너지지 않는 울타리

집을 나서다

거울을 본다

낯설은 얼굴이다

그러다 놀라

무심코 뒤를 바라다보다가

잘생긴 우리 새끼들의 얼굴에

놀란 가슴이 진정된다

그 세월을 지켜낸 것이다

이 공간을 지키기 위한

인고의 세월

무너지지 않는 울타리가 되었다

거울을 다시 보고

웃어 본다

내 울타리 든든하지

석별

여러가지 언약들이 있었거늘
절망적이고 속절없이
어수선해진 마음
가시밭 고행苦行의 강까지
그 눈길 싸늘할 제
운명은
그들의 아린 간극間隙에 그 괘卦를 놓고
가감의 저울질을 하며 애써 부정한다

과부하 걸린
님의 하드웨어(hardware)
포맷(format)이라도 된다면
강가에 나와서 아무 말도 못하는
아다다가 되지 않았을 것을

운명은 운명의 길을 가고 있다고
강둑에 앉은 백로가 초연히 다독인다

백로는 욕심을 채우지 않아서 저리 가볍도록
이별에 익숙한가 보다

눈시울 붉게 했던 소박한 일들
그리운 전설로 사방을 헤메여도
그대 부디 무너지는 생이 되지 않기를

사랑하는 이여
그래도 그대 있었음에
인생의 페이지는 아름다웠습니다
먼 훗날까지도
행여 잊을 수가 없거든
나의 미소만 가끔 생각해주세요

옥잠화

도란도란 그것들이 재잘거리며
서로 좋다며 아우성이다

별들은 바삐 서녘으로 지고
여명의 문이 열릴 때
은근슬쩍 드러낸 하이얀 빛
어머니의 옥색 은비녀

그 빛은
어머니의 잔영
어머니의 고집
사임당의 엄한 잔상

그 님이 환생하여
서러웠던 것들은 생각을 말고

아름드리만 살라며
환한 빛으로 웃음 짓네

그 곁을 지나며
어머니의 눈웃음이
내 눈가에 이슬이 맺히는 이유는

하 수 엽

그릇
원래 그래
내 마음

〈문학秀〉시부문 등단, 신인문학상(제8호)
전)영어관광통역 안내사
현)영어 번역작가

그릇

그릇 하나.
무심코 콩을 담아본다.
담을수록 작아지는 그릇.
그릇은 그대로인데…

무심코 담은 콩
그릇을 가득 메우고도 모자라
넘치고 넘쳐서 그릇이 묻힌다.

넘친 콩들을 모아
나누어 준다.
다시 모양을 찾아가는 그릇
이제 그릇이 빛난다.
그릇은 그대로인데…

하지만 여전히
여전히 작아만 보이는 그릇

그릇은 그대로인데…

담긴 콩을 모두
덜어버린다.
채울 때보다 왠지 비우기가 힘든 그릇

이제 모두 덜고 나니
비로소 그릇이 커진다.
그릇은 그대로인데…
그릇은 그대로인데….

원래 그래

세상이 원래 그래
테스 형 부르며 불평하지만
예나 지금이나 세상은 원래 그래.
어차피 변하는 세상 속에서
세상 탓하며
휘청거리며 살던지
그래도 살만한 세상이라고
열심히 살던지
모두 선택인 걸 알지 않은가.

사람이 원래 그래.
한때는 꿈에 부풀어
이 사람이면 평생 행복할 것 같았지만
살다 보면 뭔가 서로 맞지 않아
다툴 때가 많아.

그래도 다름을 인정하고
서로 존중한다면
함께 사는 게 더 행복하지 않겠나.

일은 원래 그래.
아무리 준비가 철저해도
마음먹은 대로 되는 건 하나도 없어.
그래서 세상이 아름답고
살만하다는 것을 안다면
괴로울 것 없지 않겠나…

원래 그런 걸 애써 바꾸려 하지 말고
변하길 기대하지 말고
원하는 대로 되길 바라지 말고
이대로 인정하고 존중하며 살아보세.

내 마음

내 마음 바다
밤이면 별들의 꿈 이야기 들으며
흐르는 구름 벗 삼아
밤새도록 노니다가
아침 해 또다시 떠오면
나그네 되어 길을 떠난다.

내 마음 파도
부서지는 줄 알면서 일렁이다
해변에 닿으면 하얀 포말로 사라진다.
그러다 문득
바람이 실어다 준 향기에 안기어
포근히 잠든다.

문학총작가회선집　2022

수필

강라헬　김승길　김치환　박순옥
배평순　이기숙　이영미　이정재
임선규　조경희　차임선　최상훈
황진원

강 라헬

내 삶의 키워드 '나빌레라'

섹시한 봄

〈문학秀〉 수필부문 등단, 신인문학상(제7호)
〈사임당〉 수필부문 입선(2021)
꽃불문학회 회원

내 삶의 키워드 '나빌레라'

'얇은 사紗 하이얀 고깔은
고이 접어서 나빌레라'

조지훈 〈승무 中〉

　나에게 선물을 준다. 그동안 마음도 몸도 꼭꼭 누르며 붙잡았던 나에게 자유를 주고 싶었다. 아니, 훨훨 날아보고 싶다고 해야 할까. 바다와 파도, 그리고 갈매기가 눈앞에 어른거린다. 자그마한 백백을 등에 메고 하얀 운동화를 신고 현관문을 나선다. 자유를 위한 발걸음을 축하해야 할 날씨는 얄밉게도 매우 덥다. 그야말로 찌는 듯한 더위와 따가운 공기가 나를 감싼다. 그럼에도 신이 난다. 즐겁고 기뻐서 하늘을 날 것 같다. 가자 부산으로, 바다와 파도와 갈매기를 만나러.

　방구석 여행만을 즐겼던 날들에서 과감히 마침표를 찍었다. 조리사 실기시험을 치른 이틀 후 모국에서의 첫 기차여행의 여정이 시작됐으니까. 집에서 가까운 수서역에서 부산행 기차표를 구매했다. '두드려라. 그리하면 열릴 것이요.' 정말 기막히게 아름다운 문장임을 다시금 확인한 날이기도 하다. '절실하면 통한다'라고도 했던가. 가까이 지내는 지인에게 동행을 청하니 흔쾌히 승낙했기 때문이기에. 우리는 무작정 여행의 첫발을 수서역에서 내디뎠다. 어떤 말도 서로 묻지 않고 오직 눈빛만으로 여행의 의미를 읽으면서.

언제 돌아올지 모를 여행치고는 너무도 간단한 모습이다. 백백엔 메모장과 볼펜 그리고 각자 좋아하는 책 한 권뿐이다. 폰과 충전기 그리고 카드와 현금 이만 원이 전부인 우리들. 묻지 마 여행에 동행한 동갑내기 우리는 기쁘고 행복한 마음을 눈웃음으로 고마움을 전한다. 기차여행의 꽃인 삶은 달걀과 칠성사이다 그리고 껌과 카라멜을 사서 기차에 올랐다. 수십 년 전의 기차를 생각했던 나는 눈이 휘둥그러졌다. 처음 타보는 SRT는 너무 깨끗하고 격조 있어서 어리둥절한 마음을 추스르기 힘들었으니. 세월이 유수 같다는 말이 또 실감났다.

순간 수십 년 전 섬 여행을 위해 경부선 밤 완행열차의 기억이 소환된다. '별처럼 아름다운 사람이여'라는 노랫말과 함께. 그땐 그랬는데, 그땐 그랬지, 맞아, 그랬어! 라며 좋은 추억만 고이 접는다. 기차는 천안 대전 대구를 거쳐 3시간 20분 만에 우리를 부산에 내려줬다. 드라마에서 봤던 부산역이라는 간판이 보고 싶었는데 뒷문으로 나오는 바람에 아쉽게도 못 봤다. 마음에 걸렸지만 올라갈 때 보자며 손을 잡고 해운대 가는 버스를 탔다. 나지도 않는 바닷냄새를 '후욱' 하고 들이마시면서.

드디어 해운대. 고층빌딩의 숲과 반비례의 텅 빈 바닷가. 코로나로, 형형색색의 비치파라솔과 텅 빈 의자들이 가슴에 또 한 번 한숨을 일 으킨다. 바다는 잠잠했고 하늘은 더없이 파랬다. 차가운 맥주를 마시 며 모래톱에 앉아 말없이 차분하게 몇 시간을 보내며 생각해 낸 것은 '나빌레라'라는 낱말이었으니. 때문에 '승무'를 검색해 소리 내어 읽으 면서 가슴이 뜨거워짐을 느꼈다. 예전엔 이 시를 접할 때마다 억장이 무너지는 듯했는데 왜 지금은 뜨거운 가슴이 됐을까에 물음표를 찍 는다. 시를 낭송하는 내가 멋있다며 큰 박수를 보내는 친구에게 찡긋 한쪽 눈을 감아준다.

나비일레라(나비로구나)의 준말이 '나빌레라'란다. 몇 달 전 '황혼의 꿈'을 소재로 다룬 드라마 '나빌레라'를 감명 깊게 봤다. 그때였을까. 잊혔던 그 단어에 몰입하게 되고 시를 다시 읽고 공부했던 것이. 그 리고는 지금의 나의 삶도 '나빌레라'라며 혼자 히죽거리기도, 흐뭇해 하기도 했었다. 드라마의 주인공은 73세의 남자다. 치매임에도 발레 에 도전하며 오랜 꿈을 이루기 위한 몸짓에서 나는 많은 것을 느끼며 눈물을 글썽이기도 했으니. 그래서였을까, 내가 이것저것 욕심내며 도전했던 것들이 단지 시간을 죽이기 위한 것만은 아니었음이. 황혼 의 꿈, 아니 모국에 오기 전 계획했던 것들을 마무리해야겠다는 결심 을 하게 한 것도 그 드라마 덕분임을 고백한다.

뭔가 하고 싶어도 못 하는 상황이 올지도 모른다는 생각에 마음이 급해졌다. 지도 교수님의 도움으로 문단에 부끄러운 내 이름 석 자가 올려진 지금, 허나 이젠 순전히 내 힘으로 뭔가를 이루고 싶었다. 그 뭔가는 조리사 자격증과 미술 심리 상담사 자격증이었다. 육 개월 동안 조리와 미술 심리상담 공부를 했다. 이 나이에 힘에 부치도록. 요리와 달리 심리상담 공부는 내 무식의 소치가 만천하에 공개되는 부분이었다. 수강생의 대부분은 어린이집의 교사나 원장님이었고 초등학교 교사들도 있었다. 완전 백수에 최고령인 나는 그곳에서도 천연기념물임이 당연했다.

등기로 배달된 요리기능사 자격증을 보며 어깨를 으쓱, 거울을 보며 몸짓을 한다. 엊그제 심리상담 논문(?)과 그동안 그렸던 그림과 사진을 메일로 보내고 이제 결과를 기다리고 있는 중이다. '나빌레라' 했으니 안돼도 상관없다. 최선을 다했으니까. 그것도 순전히 내 힘으로. 차근차근 모국에 와서 하고 싶었고 꿈꾸어왔던 일들이 이루어져 가고 있다. 참으로 허황된 꿈 한 가지 말고는.

그 허황된 꿈의 실체는 사랑이다. 언젠가 누군가에게 이렇게 말한 기억이 난다. "나는 구십이 되도 사랑하고 싶어. 아니, 영원히. 왜냐하면 나는 여자니까. 그리고 이제껏 주는 사랑만 했으니 받는 사랑이 하고 싶네."라고. 얼마나 헛되고 야무진 생각이며 꿈일지는 내가 더 잘 알고 있다. 그럼에도 받고 싶은 사랑이 하고 싶은 걸 어쩌란 말인가. 이런 속내를 주저 없이 나불대는 것조차 부끄럽지 않음의 정체는 과연 무엇이려나.

글이 쓰고 싶고, 요리가 하고 싶고, 봉사하고 싶고, 때문에 해냈다.

그 일들이 삼 년 동안 나를 많이 변화시켰고 자라게 했다. 오랜 꿈을 이루는데 나 또한 주저함 없이 그 길을 열심히 달려왔음에 자부심까지 갖는다. 많은 발전을 느끼는 글쓰기. 일기보다 못한 수준의 글로 시작된 백여 편의 나를 닮은 글들. 어쩌다 칭찬을 받는 날엔 코끝이 찡하기도 한다. 바라기는 어떤 글이든 글 속에서와 같은 나로 살기를 원하고 있다. 그 속에서는 착한 내가 실상은 그렇지 못함에 가끔 갈등을 느끼기도 하니까.

늘 글 쓰며 요리하고 봉사하는 나의 모습을 그려본다. 더하여 받는 사랑까지 이룬다면 아마 악마가 시샘을 할는지도. 그래서 받는 사랑만큼은 '파르라니 깎은 머리 박사薄紗 고깔에 감추오고' 하며 영원한 꿈으로 접기로 했다. 가을이 숨 가쁘게 내게 달려온다. 또한 내 삶도 가을임이 틀림없다. 가을만 되면 늘 눈물범벅의 모습으로 그 시간을 보내려 부진 애를 썼던 나. 올가을도 다르지 않음을 알고 있지만 조금은 초연해지려고 노력한다.

늦여름, 잊었던 단어 '나빌레라'를 내게 돌려준 아름다운 그 날을 기억하게 했던 바닷가를 사랑한다. 더 나이 들어 뭔가를 하지 못할 상황이어도 난 그날의 바닷가를 못 잊을 테다. 찌그러트린 맥주 캔과 빅 사이즈 아이스 아메리카노 그리고 수평선에 그려진 석양을. 그리고 진정으로 낭송했던 '승무'를 듣고 우정과 사랑을 박수로 돌려준 친구를. 그 모든 것들의 맛과 느낌은 내 가을의 삶에 진정함을 더한다.

아쉬운 해운대를 뒤로하고 해상케이블카를 타기 위해 송정해수욕장으로 향한다. 그 후 미국에서 알고 지내던 동생이 있는 고흥으로 가기로 했다. 목포를 거쳐 서해 쪽으로 발걸음을 돌려 이곳저곳 해수욕장을 들를 계획이다. 그런데 송정에서 케이블카를 타고 바다와 하늘 중간에 둥둥 떠 있는데 긴급 문자가 왔다. 7월 26일 산업안전 본부에서 시험을 치른 사람들은 가까운 검사소에서 검사하십시오. 확진자가 나왔습니다.' 어쩌겠는가. 급히 부산의 보건소에서 검사를 받고 서울로 올 수밖에. 동행한 이유만으로 친구도 검사를 받고 5박 6일의 일정은 무박의 여행으로 막을 내릴 수밖에 없었으니.

한 치 앞도 모르는 게 인생사임을 또 한 번 경험한 하루였다. 설사 감당할 수 없는 그 어떤 일이 눈앞에 던져지더라도 이젠 누군가를 원망하지 않겠다는 확신이 든다. 숨 가쁘게 내게 다가오는 가을을 두 손과 두 팔 벌려 힘껏 안고 가슴으로 맞을 테다. 이왕이면 아주 뜨거운 포옹으로. 그리고 영원히 잊지 않을 남은 내 생의 키워드 '나빌레라' 또한 그 포옹 안에 함께 가두어 둘 테다.

(2021. 8)

섹시한 봄

어쩌자고 겨울은 꽁무니를 길게 빼고 '나 살려' 하면서 줄행랑치는 걸까. 또, 봄은 왜 이렇게 온 천지간을 소리 없이 흔들며 오겠다고 난리법석인지. 천천히 가고 느리게 왔으면 내 마음이 더없이 기쁘려만. 시간을, 세월을 묶을 수 있는 끈이 있는 곳 아시는 분 계신가요?

겨울답지 않게 한낮의 빛이 곱고 따듯한 어느 날 친구와 남한강에 갔다. 강江이 서성거리는 우리를 그곳으로 유혹했음이 분명하다. 여전히 산 아래 꽁꽁 언 강은 온통 하얀색으로 뒤덮여 있었다. 입춘이 지난 지 오래건만 그곳은 여전히 얼어붙어 고요하다, 한낮의 온도가 영상임에도 불구하고. 동행한 친구와 이런저런 이야기를 주고받다가 아~하고 신음소리가 나도 모르게 입술 사이로 흐른다. 꽁꽁 언 강 위에 차갑고 하얀 햇살 머문 곳이 마치 보석처럼 반짝이며 빛나고 있었기에.

얼어붙은 강과 그렇지 않은 강은 사뭇 다르다는 친구의 말에 나는 한참 지난 후에야 고개를 끄덕였다. 인간이 지배한 아니, 심하게 파헤쳐진 뒤로 한강은 얼고 싶어도 얼 수 없단다. 그 옛날 한강이 가지고 있던 건강한 힘을 다시는 볼 수 없음에 안타까움도 토로했다. 살아있는 강만이 언다는 설명을 보태면서. 얼어붙지 않는 강은 더 이상 살아있는 강이 아니라며 씁쓸해하는 친구의 얼굴에서 안타까움과 그리움을 읽는다.

때문에 살아있음을 느끼고 싶을 때 친구는 꽁꽁 언 남한강이나 북한강에 간다고 했다. 강물이 이 끝에서 저 끝까지 완전히 얼어붙어 있는 것을 보고 있노라면 자연이 가진 위대함을 느낀다고도 했다. 얼어붙은 강은 속까지 시원하게 해준다는 친구의 말을 이해하려고 했지만 어려웠다. 그런 내가 답답해서인지 인간의 자연파괴에 대한 이런저런 설명을 열심히 한다. 그렇지만 들으면서도 이해하기까진 한참의 시간이 걸렸으니.

강을 따라 산책하는데 얼어붙은 강이 꿍꿍대며 소리를 낸다. 강물이 통째로 얼어붙는 통증 때문에 몸살 앓는 소리란다. 찌이잉, 우우웅 각각 다른 소리를 내며 강이 운다. 얼음이 얼면서, 또는 풀리면서 그 아픔이 너무 크기 때문에 나는 소리다. 그렇게 생각하며 들어서인지 내 가슴도 덩달아 쿵 하며 비명에 가까운 슬픈 곡소리를 낸다. 육십 평생 처음 들어보는 강이 우는소리 탓에 지금까지도 속이 애哀리다. 여전히 살아있어서 사정없이 꽁꽁 얼어붙은 강의 꿍꿍 앓는 소리를 다시 들을 요량으로 내년을 기약해 본다. 나는 그렇게 남한강에서 겨울을 보낼 준비를 했다.

한적한 어느 날 오후, 동네를 걷는데 달달한 햇빛이 콧등을 '툭' 친다. 그리고는 이내 달콤함이 콧속으로 스민다. 봄 냄새임을 알아차린 나는 '안녕, 봄아'라며 반색을 한다. 허나, 일 년에 한 번 오는 봄이건만 올해는 그리 반갑지 않은 변덕이 인다. 이유는 나의 남은 시간을 가늠키 어렵기 때문일 테다. 시간이 빠르고 세월이 덧없음을 뼛속까지 느끼는 요즈음. 계절의 오고 감의 감정도 예전 같지 않음에 또 하나의 슬픔을 가슴에 안는다.

'내가 어쩌다 이렇게 감성이 무딘 여인이 되어버렸을까'며 가슴을 쓸어내린다. 년 전에 쓴 글 '봄밤' 위에 눈을 얹는다. 그때의 봄을 왜 지금은 못 느끼는 걸까. 봄에는 봄처럼 생각하면 좋으련만 웬 사설이, 핑계가 이리 많은지 모를 일이다. 곧 봄이니까, 아니, 벌써 봄이니까 보는 것, 마음으로 느끼는 것 모두에게 고마운 마음을 가져야 할 텐데. 이내 떠나갈 봄이 아쉬워 가슴 아픈 후회를 반복하는 일은 없어야 하건만.

친구가 꽁꽁 언 남한강에서 살아 있음을 느꼈다면, 나는 연두에서 초록으로 그리고 이름 모를 앉은뱅이 들꽃들과 수양버들의 움트는 가지에서 살아 있음을 느껴봄은 어떨까. 애정愛情 하는 초봄의 은은한 파스텔 빛깔로 내게 오는 봄을. 가슴을 설레게 하는 그 풋풋하고 달달한 봄의 향기는 살아 있음을 느끼게 하고도 남을 테니까.

얼마 전 '죽을 때까지 섹시하기'라는 책을 읽었다. 내게는 안성맞춤인 내용이다. 집에 있는 일이 당연시되고 있는 요즈음. 혼자니까, 누가 보나, 뭐 귀찮아서, 그래서 꾀죄죄하고 흐트러진 모습으로 라면에

식은 밥 한 덩이를 말아 먹으면서 시간만 죽이는 내게는 꽤나 충격적인 글이었다. 고백하지만, 원초적인 제목에 살짝 끌려서 읽은 책이었으니까.

섹시하다는 진정한 의미를 가슴에 새기게 해주었던 글을 읽은 후 나는 진심으로 그렇게 살기로 마음을 정했다. 흐르고 있는 나의 시간 속에서 유일하게 내가 할 수 있는 일은 섹시하게 사는 것뿐임을 확신하며 또 그렇게 살아가려고 노력중이다. '섹시'를 '부지런함'과 '인간다움'의 의미로 각인시켜 준 그 책에 깊은 감사를 표한다.

가는 겨울과 오는 봄을 나다운 섹시함으로 보내고 맞을 테다. 핑크빛 립스틱을 바르고 아이보리색 코트를 곱게 차려입고서. 겨울에게는 '아프지 말고 내년에 또 보자'라며 손을 크게 흔들어 주어야지. 또한 봄에게는 '어서 와, 올해도 너를 볼 수 있어서 기뻐'라며 따뜻한 가슴으로 꼭 안아줄 테다.

가고 오는 시간을 어찌 인력으로 막을 수 있겠는가. 다만 내가 할 수 있는 일은 '먹고 사랑하고 기도하면서 죽을 때까지 섹시하게 사는 일' 뿐임을 잊지 말아야 할 테다. 휘리릭 아름다운 문장과 낱말이 스칠 때, 즉시 감정이, 감성이, 감각이 흩어지기 전에 메모를 한다. 그리고는 자판을 두드린다. 그 시각이 언제인지는 큰 문제가 안 된다. 그때가 내가 제일 섹시할 때임은 두말할 필요조차 없기 때문이니까.

지금도 천지에 맴도는 문장을 잡기 위해 7080 노래를, 책을, 그리고 드라마를 본다. 정성으로 요리를 할 때, 그리고 문장수집가임을 자처

해서 이곳저곳을 기웃거리며 문장을 잡는 내 모습. 그때가 가장 섹시한 모습이고, 지금도 흐르고 있는 시간 속에서 가장 사랑스럽고 나다운 모습일 테니까.

천지간에 봄이 온다고 소문이 파다하다. 양지마을을 휘젓는 바람 끝은 아직 차갑다. 그럼에도 농부들은 일찌감치 토마토 묘목을 심고 밭을 갈아엎으며 각종 씨앗을 뿌린다. 나와 같이 그들도 그들만의 봄을 맞을 채비에 분주하다. 이 또한 흐르는 시간 속에서 그들이 섹시하게 사는 모습일 테다.

(2022. 3)

김승길

봄에 취하다
이웃이 흥해야 나도 흥한다

경북 의성 출생
〈문학秀〉 수필부문 등단, 신인문학상(제10호)
〈문학秀〉 운영위원
한양대학교 공과대학 섬유공학과 졸업
대한민국 은탑산업훈장 수상(2012)

봄에 취하다

시계 알람 소리에 눈을 떴다. 유리창 너머 아파트 앞 주차장 바닥이 젖어 있었다. 창문을 열고 내다보니 바깥 난간에 빗방울이 조롱조롱 매달려 있다.

여느 때처럼 한강공원을 산책하려고 오전 10시쯤 집을 나섰다. 요즘은 걸음걸이가 무겁고 속도가 늦어 걷는 게 힘겨울 때가 많다.

'내 몸을 기계로 치면 거의 내구연한에 가까워지지 않았을까?'

이 정도만 해도 다행이라고 스스로 위로했다.

비 온 뒤라 공기가 향긋했다. 마포 나들목에서 현석 나들목으로 가고 있는데 무엇인가 내 시선을 끌어당겼다. 수양버들이었다. 볼 때마다 안쓰럽다는 생각이 드는 나무였다. 넓은 땅을 놓아두고 어쩌다 저런 벼랑 끝에 매달려 힘겹게 살아갈까?

장마철에 어디선가 상류에서 떠내려오다가 이곳 강둑이 갈라져 흙이 비집고 나온 틈새에 간신히 달라붙어 더부살이하는 나무 같았다. 비스듬히 강 쪽으로 드러누운 모습이 언제 보아도 위태로웠다. 물이 불어나면 아래쪽 가지들은 물에 잠겼다. 강물에 시달리며 살아가는 모습이 오래전 영화에서 보았던 떠돌이 나그네를 연상케 했다.

그 수양버들 가지에 파란 움들이 촘촘히 돋아나와 봄소식을 전하고 있었다. 갓 목욕을 마친 말간 아기의 얼굴 같았다. 자신은 초라해도 자식만은 귀티 나게 키워보려는 부모의 모습을 보는 듯했다. 그 질긴 생명력에 탄복하지 않을 수 없었다.

이슬비가 그치지 않아 하늘은 뿌연 잿빛이었다. 그 아래 갈빛을 띤 한강 물이 유유히 흐르고 있었다. 그 풍경을 배경으로 수양버들은 연둣빛으로 치장하고 나를 유혹했다. 한강에 황포 돛배라도 한 척 떠 있었다면 멋진 한 폭의 동양화가 되었을 것이다.

수양버들을 지나쳐 걸음을 재촉하고 있는데 길섶에 돋아난 파릇파릇한 새싹들이 눈에 띄었다. 며칠 전 이곳을 지날 때만 해도 보이지 않았는데…. 아마 그때는 흙먼지를 뒤집어쓰고 있다가 밤새 내린 비가 깔끔하게 씻어 준 덕분이리라. 새싹들은 우중충한 겨울옷을 벗어던지고 화려한 봄옷으로 갈아입고 있었다. 온갖 자태를 뽐내는 모습이 귀여웠다. 쑥과 클로버를 제외하고는 이름 모를 잡초들이었지만 하나같이 눈길을 돌릴 수 없을 만큼 매혹적이었다. 그 자리에 한동안 머물러 있었다.

콧속으로 봄 냄새가 들어왔다. 움츠렸던 가슴이 활짝 펴지며 발걸음도 가벼워졌다. 허리를 쭉 펴고 목을 길게 뽑아 강 건너를 바라보았다. 밤섬에는 아직 잔설이 남아 있는데 거기에도 봄이 찾아왔나 보다. 적막하던 밤섬에서 수양버들이 움을 틔우는 숨소리가 들려왔다.

머지않아 청둥오리도 이곳을 찾아올 것이다.

봄은 새 생명을 태어나게 하는 희망의 계절이다. 하지만 지난 2년간 우리는 봄다운 봄을 제대로 누리지 못했다. 코로나 팬데믹이 우리 마음을 꽁꽁 얼려 놓았기 때문일 것이다. 서강대교 아래 다다랐다. 봄기운을 온몸에 흡수하려고 깊은 호흡을 여러 번 했다. 얼어붙었던 내 마음이 녹는 것 같았다. 지척에 있는 양화대교는 아직 운무가 걷히지 않아 흐릿하게 보였다.

반환점을 찍고 집으로 돌아오는데 알 수 없는 에너지가 몸속에서 솟구쳤다. 그때 떠오르는 생각이 있었다.

'그래, 내구연한이 다 되어가도 잘 관리하면 100세는 문제없어.'

발걸음에 용수철이 붙었는가 대지를 디디는 기분이 힘차기만 했다. 술에 취한 듯 봄에 취한 듯.

이웃이 흥해야 나도 흥한다

　존경했던 사업 선배들이 있었다. 창업의 명수 K 회장, 제조업의 달인 H 회장, 그리고 유통업의 대가 S 사장이다. 나는 K 회장을 모시고 10여 년간 함께 일 한 적이 있다. 그는 기획에 능통한 경영인이었다. 그를 통해 H 회장, S 사장과 같이 시장 흐름에 밝은 두 사람도 알게 되었다. 세 분을 자주 만나면서 각자의 경영 스타일을 어깨너머로 배웠다.

　나는 젊은 시절부터 제조업을 꿈꿔 왔다. 그러나 자금 사정이 여의치 못해 그야말로 꿈으로만 간직했다. 그러던 중 K 회장과 의견이 맞지 않아 다니던 회사를 떠나야 할 처지에 놓이게 되었다. 용기를 내어 창업을 결심했다. 퇴직금을 밑천으로 일부 자금은 대출을 받아 에어로졸 제조업을 시작했다. K 회장은 일정 기간 인력 지원을 해주기로 약속했다.

　고향 후배 두 사람과 여직원 하나를 데리고 서울 구로동에 사무실을 열었다. 하지만 현실은 냉혹했다. 칡넝쿨처럼 얽혀 돌아가는 기존의 유통시장에 내가 설 자리가 없었다. 자본이 부족한 탓에 기술력만으로 경쟁을 헤쳐나가야 했다.

고심하던 끝에 다품종 소량 생산체제를 도입하기로 했다. 다품종 소량 생산은 번거롭기만 할 뿐 이익이 적기 때문에 기존 회사들은 기피하는 분야였다. 나는 이를 역으로 활용해 시장진입을 하기로 했다. 그리고 갑질에 시달리는 영세한 중간 상인들의 고충을 을의 입장에서 덜어주는 해결사가 되기로 결심했다. 남들이 가지 않는 힘든 길이었다. 하지만 그 속에 '블루오션'이 있다고 믿었다.

평소 따르던 선배 세 분을 거울로 삼고 경영을 펼쳤다. 이들은 사업 수완이 뛰어나 기업은 잘 키워왔지만, 직원이나 고객을 대하는 데는 냉혹한 면이 많았다.

'나는 을에게 저렇게 하지 말아야지!'

거울 속에서 나를 비추어 보듯 그분들을 거울삼아 역지사지를 잊지 않았다.

우선 회사와 관련되는 약자는 세 그룹으로 나눌 수 있었다. 회사 제품을 취급하는 대리점 사장, 원부자재를 공급하는 원료상, 그리고 회사 직원들이다. 이들의 고충이 무엇인지? 조금이라도 덜어 줄 수 있는 방안을 찾아보았다.

'대리점에 절대로 갑질을 하지 않겠다.'

'납품업자에게 줄 대금은 반드시 약속 날짜에 지급하겠다.'

'직원들의 급여를 연체하지 않겠다.'

어려운 결심이지만 실천했다. 고정관념을 깨지 않고서는 다른 묘

책이 없었다. 갑과 을은 주종관계가 아니라 상생 관계라는 개념을 밑바닥에 깔아나갔다. 당시 사회상은 '빈익빈 부익부'였다. 금리가 연 20%를 오르내릴 때라 가진 자에게 유리한 사회였다. 약자에게는 너무나 고통스러운 시절이었기에 작은 배려에도 큰 호응을 얻을 수 있었다.

에어로졸 제조업은 기술집약형 사업인데다 다품종 소량 생산을 할 수밖에 없어 이익이 거의 남지 않았다. 자금력 있는 사업가는 거들떠보지 않았다. 4~5년을 봉사하는 마음으로 다가갔다. 차츰 을과의 관계가 두터워지면서 그들은 내 편이 되기 시작했다. 우리 회사의 영업사원을 자처하고, 손과 발이 되어 주었다.

거기에 힘을 얻어 산업현장에서 발생하는 자질구레한 문제 해결에 더욱 열성을 보였다. 기술력을 총동원하여 소비자들이 원하는 제품을 개발하거나 해결책을 찾아주었다. 을과 을 간에 도움을 주고받을 수 있는 가교역할도 했다. 판매망을 넓히기 위해 장래성 있어 보이는 영세한 자영업자에게는 담보 없이 우리 제품을 공급해 주었다. 후발주자로서 어쩔 수 없는 선택이었지만 이러한 영업방침은 나비효과를 일으켰다. 회사 인맥은 날로 두터워졌다.

회사 창립 35주년 기념식에 좌승희 박사(전 KDI 원장)를 강사로 모셨다. 그의 저서 <이웃이 흥해야 나도 흥한다>를 읽고 감명을 받은 적이 있었다. 대리점과 협력업체 임직원들을 모두 초청해 강의를 듣게 했다. 그 뒤로 '사촌이 논을 사면 배가 아프다'라는 속담을 '이웃이 흥해야 나도 흥한다'로 뒤집어야 한다고 입을 모았다.

　올해로 우리 회사는 창립 42주년을 맞았다. 사업을 시작할 때 얼마나 지탱할 수 있을까 걱정했는데 어느새 불혹不惑의 나이를 넘겼다. 나의 거울이 되어 주신 선배 세 분께는 감사하는 마음이 한량없다.

김 치 환

흥망성쇠

1964년 경남 하동 출생
〈문학秀〉수필부문 등단, 신인문학상(제11호)
서초문인협회 회원. 갯벌문학 초대문인 작가
 공저 〈순수 날라리〉제1집~2집
인생산행TV 유튜브 채널 제작 운영
현) 법무법인 〈겨레〉재직

흥망성쇠

이른 새벽 5시에 등산 가방에 소정의 물품으로 채우고 자동차를 운전하여 가평의 유명하지 않은 산으로 향해 갔다.

어제의 열기 때문인지 차창 밖의 습하고 더운 기운으로 가슴팍이 끈적거린다.

가평의 연인산, 명지산, 칼봉산을 가운데로 끼고 들어선 대금산.

이 산은 생소해서인지 아니면 한여름의 뜨거운 열기에 의한 것인지 등산객도 없고 그렇다고 그 흔한 강아지 고양이 소리도 들리지 않는다.

마을을 지나 정말 산행을 시작할 때 열기와 산행으로 온몸이 후줄근하여 쉬어 가야지 하는 생각에 언덕 그루터기에 앉아 땀을 닦아 낸다.

문득 주위를 둘러보니 제법 넓은 공터가 보이고, 그 공터는 봄과 여름을 기회 삼아 아무런 통제 없이 제멋대로 자란 수풀들이 자유를 만끽하고 있다.

눈을 비비고 그 요란스러운 수풀들 속으로 나타난 보일 듯 말 듯 주춧돌이 햇빛에 반짝이며 자신의 존재감을 희미하게 비추고 있었다.

그 주춧돌은 예사 여염 집터가 아닌 듯하고, 분명 오래전 사라진 절터이지 싶다.

아마도 수십 년 전 6·25 전쟁으로 불타 사라진 것일까 아니면 훨씬 그 이전에 존재하였다가 사라진 것일까 어쨌든, 절터임은 분명하다.

그런데 문득 그 절터에 대웅전이 보이고 삼성각, 칠성각, 명부전이 하나둘씩 모습이 보이더니 그 사이로 분주히 무언가를 나르는 보살들(절의 도우미).

이어서 이어지는 큰 스님의 독경 소리가 들린다.

그러다가 독경 소리가 멈추는 듯 싶더니 이내 그 많던 신도.

분주히 움직이던 동자승 행자승이 이 산을 둘러싸고 구름과 함께 사라졌다.

절이라는 곳도 궁극적으로 그를 따르는 이가 없다면 허물어지고 사라지고 마는 것이다.

인간 세상의 흥망성쇠가 고승이 있고 믿고 따르는 부처님이 존재하는 절간도 그 쇠망을 피할 수가 없는 모양이다.

언뜻언뜻 비치는 주춧돌은 이 터가 흥하였다가 그리고 어느 시점에 쇠망하였다며 전하고 있다.

이 터의 애잔한 서사시에 취해 있을 무렵 후드득 주위를 흩트리더니 금세 폭포수가 되어 주변을 개천으로 만들었다.

서둘러 산에서 내려오면서 그 터를 돌아보았다.

그러나 그 터는 물에 잠겨 조금씩 빛나던 주춧돌마저 삼켰다.

박 순 옥

가족여행

밀어

〈문학秀〉 수필부문 등단, 신인문학상(제6호)
한국방송대 국문학과 졸업
꽃불문학회 운영이사
〈사임당문학〉 시문회 회원
가톨릭문인회 회원

가족여행

　'가족여행'이라는 글제 옆에서 며칠 째 서성이고 있다. 우리 가족이 걸었던 인생 여행길엔 웃음이 없었고 늘 피곤했기에. 남편은 언제나 화난 표정으로 말이 없었고 결정엔 단호했다. 나와 아이들은 그런 그를 힘들어했다. 우리는 이렇게 각자 고독했고 같이 걷는 길은 울퉁불퉁 거칠었고, 그래서 각자 아팠다.

　'대체 왜 저러는지.' 그가 출근하고 난 어느 날 아이들을 재워놓고 나는 아이들 곁에 누워 울음을 토해냈다. 저 남자 속에는 대체 뭐가 들어 있는 건가, 왜 저렇게 말이 없나, 나에게 무슨 불만이 그리 많은지. 그를 향해 누르고 있던 답답함이 한꺼번에 터져 분출되니 울음은 그 솟구침을 미처 따라가지 못하고 있었다. 얼마를 그렇게 울었을까. 손도 까딱 못할 만큼 몸이 지쳐있었다. 그래도 아이들 자고 있을 때 집안일은 해놔야 하겠기에 비적비적 일어났다. 쓰레기를 버리러 현관문을 열고 나가 계단을 내려가는데 신기하게도 속이 시원하며 몸이 가벼워졌다. 눈물을 쏟아내는 것만으로도 치유에 도움이 된다는 걸 그때 처음 알았다.

아이들이 유치원을 다니고 있던 봄이었다. 그가 조용히 밖에 나갔다 오더니, 방 하나 더 있는 집으로 이사 가려고 우리 집을 부동산 중개소에 내놨단다. 며칠 후 이사 갈 집을 계약하고 잔금 치를 돈이 조금 모자라 동생에게 빌려 이사를 마쳤다. 격일제 근무였던 그는 쉬는 날엔 육체노동의 아르바이트를 하면서 빚 갚는데 속도를 냈다.

드물게 아르바이트가 없는 날에 그는 집에서 종일 말이 없었고 어쩌다 나에게 던지는 말은 명령조였다. 그가 나의 고고함을 인정하지 않는 정도가 아니라 비웃는 것 같아 내 가슴은 그에 대한 불만으로 터지기 직전의 풍선 같았다. 아이들은 그의 눈치를 살폈고 그가 무서워 그와 눈조차 마주치지 못했다. 아이들은 주방에서 일하고 있는 나에게 와서 아빠 화났느냐고 귓속말로 자주 물었고 그럴 때마다 나는 아빠가 너무 피곤해서 그러는 거라고 대답은 했으나 그 말이 진심은 아니었다. 그가 왜 그러는지 나도 모르겠어서 내 복장도 늘 터질 것 같았으니까. 나와 아이들이 한 편, 그 혼자서 한 편, 삼대 일의 구조로 우린 매일 소리 없는 싸움을 하고 있었다. 우리 가족의 여행길은 늘 이렇게 전쟁 통이었다. 아이들은 아빠보다 엄마가 더 불쌍하다고도 말했다.

나는 그에게 아이들이 당신을 너무 무서워하고 있다고 말했으나 그 말은 예상대로 그에게 접수되지 않았다. 애초 그에게 기대를 가지고 한 말은 아니었다. 그는 자기가 애들을 때리기를 하나 왜 무서워하냐고 말했고 나는 더 이상 설명하지 않았다. 백번 얘기한대도 나와 아이들의 마음이 돌덩이같이 딱딱한 그의 가슴에 녹아 들어갈 리 만무였으니까.

아이들을 등교시킨 후 뒷산을 돌고 집 앞에 돌아왔을 때 그의 차가 서 있으면 숨이 막혔다. '일이나 종일하고 밤늦게 들어올 것이지.' 오늘 그의 침묵과 어쩌다 던지는 말투를 또 어떻게 견뎌낼까. 서 있는 차의 뒤꽁무니가 미운 그의 엉덩이로 보여 거기에 대고 욕을 했다.

어느 날 그가 밤늦게 술에 취해 들어왔다. 그는 옷을 갈아입고 씻다가 욕실 문턱에 걸터앉아 울기 시작했다. 예전에 내가 아이들을 재우고 흘렸던 눈물보다 더 눌렀다 터진 울음 같았다. 집을 떠나 영영 돌아오지 않을 엄마를 찾는 아이 같은 느낌이었다. 아니 그가 실제로 엄마를 부르며 운 것 같기도 하다. 그도 나처럼 외롭다는 걸 처음 알게 되며 당황했다. 그때 큰아이는 제 방에서 책을 잡고 있었고 작은아이는 제 방에서 눈에 그렁그렁 눈물을 달고 피아노 건반을 만지작거리고 있었다. 다음날 그는 평소와 같은 시간에 일어났고 부은 눈으로 같은 시간에 출근을 했다.

이사 온 지 일 년이 됐다. 우리는 이렇게 각자 울고 각자 한숨 쉬며 그가 어깨에 짊어지고 있어 몹시 불편해하던 빚을 다 갚았다. 그리고 얼마 뒤 어느 날 그가 퇴근해 오더니 어지럽다며 누웠다. 그는 직장에 출근은 잘했지만 쉬는 날마다 일찍 들어와 누웠고, 너무 힘들어 잠잘 기운도 없다고 했다. 잠도 기운이 있어야 잔다는 걸 그때 처음 알았다. 그와 같이 살며 처음 알게 되는 것들이 많았다. 그의 마음만 몰랐을 뿐. 며칠을 그렇게 보냈을까. 그날도 일찍 귀가해 누워있던 그가 일어나 화장실에 들어가더니 쓰러졌다. 빚 갚느라 과로와 긴장했던 마음이 풀리며 일어난 사고였다. 그다음 날도 그는 같은 시간에 일어나 씻고 젖은 머리를 탈탈 털며 출근했다.

그리고 삼십 년이 흘렀다. 돌아보니 그의 삶은 오직 가족만을 위해 움직이는 몸짓뿐이었다. 잠깐의 시간이 날 때 건조한 방에 놓을 어항을 만들고, 베란다를 한참 바라보며 서 있다가 널려있는 집기들을 정리하며 청소를 하고, 내 친정 부모와 형제들을 챙겼다. 그러나 나는 그의 침묵과 말투만을 잡고 늘어지며 나를 탈진시키느라 그런 그의 마음은 보려 하지 않았다. 버거운 가장의 책임을 다하려 기를 쓰느라 전쟁터 같은 일터에서 겪은 그의 외로움은 내 것과 다르고 내 것보다 컸다. 그러고 보니 내가 그를 못 견뎌 하기 전에 그가 먼저 나를 못 견뎌 한 건 아닌지.

나 이제 지난날 그의 고독을 안고 이 길을 걷는다. 그가 말했다. 아이들 어릴 때 보듬어주지 못해서 미안하다고, 그땐 그럴 마음의 여유조차 없었노라고 나는 그의 말을 그냥 지나치지 않고 아이들에게 전해준다. 문자로, 말로. 아이들이 제 아버지를 나에게서 받아 안고 같이 걷기 시작한다. 실은 아이들은 오래전부터 제 아빠를 품에 안은 채 걷고 있었다. 남편의 탈진이 오래 지속돼 집에서 영양 주사를 맞으며 누워있는 모습을 보고 초등학교에서 귀가한 아이들이 "아빠 불쌍해" 하며 울먹였으니까.

얼마 전 이웃과 함께 하는 식사 자리에서 그가 말했다. "내가 예전에 이 사람한테 참 못된 놈이었지요." 그 순간 삼십 년 전, 현관문을 열고 내려다보고 서 있던 나를 올려다보며 난간을 붙들고 창백한 낯빛으로 퇴근길 계단을 힘겹게 오르던 그의 모습이 어제 본 듯 선연했다.

부러질 듯 팽팽했던 나의 긴장과 무지에도 힘들었을 아이들에게 슬며시 용서를 청한다. 고백은 늦을 때란 없기에. "엄마두 엄마가 처음이라."

미안함과 연민으로 우리 가족은 저물녘 여행길을 같이 걷고 있다. 그 길에서 함께 바라본 저녁 노을빛이 곱다.

밀어

내 이름은 봄비예요. '구름'이라는 이름으로 하늘에서 노닐다가 '봄비'로 개명하고 아래 세상으로 여행을 떠납니다.

산으로 가봤어요. 사랑하는 건 애타는 일이기도 한가 봐요. 진달래가 신열이 끓어오르는 몸을 주체 못 해 분홍 반점들을 피워내고 있네요. 나는 가만히 다가가 그녀의 이마를 짚어 주었어요.

저기에 입 무거운 목련이 보이네요. 나는 몰래 등 뒤로 다가가 그녀의 겨드랑이를 간질였어요. 그녀가 깜짝 놀라곤 웃음을 터트리네요. 세상을 살아가다 보면 갑자기 웃을 일이 많을 것 같아요.

강가를 둘러봤어요. 언덕에서 벚꽃 잎들이 작은 손을 흔들며 떠나고 있네요. 나는 쫓아가 그녀들과 악수했어요. 인생은 잠깐이니 가볍게 살라고 그녀들이 당부하네요.

헤어짐은 또 다른 만남이기도 하군요. 벚꽃 떠나니 배꽃이 오고 있어요. 나는 반가워서 그녀들을 안고 얼굴을 비볐지요. 그러나 만남은 다시 이별을 준비하는 일이기도 한가 봐요. 배꽃이 조잘대네요. 자기들도 잠시만 머물다 떠날 거라고. 다음엔 조금 더 큰 철쭉꽃이 찾아

올 테니 미리 슬퍼할 건 없다고 그녀들이 다독입니다.

동네로 내려가 어느 집 울타리를 들여다보니 노란 저고리에 초록 치마를 입은 수선화가 고개를 숙인 채 살랑대네요. 살며시 안으로 들어가 말했어요. "너 참 예쁘다."라고. 그러자 그녀가 속삭이네요. 자기는 칭찬을 경계한다고. 칭찬을 소화하지 못하면 자만을 낳고 자만은 자신에게 채우는 족쇄가 된다고. 맞아요, 짧은 인생에서 빛나는 젊음은 한순간인데 지금을 자랑한다면 영원히 아름다워야 하는 숙제를 자신에게 주는 거니까.

관계는 어쩌면 깨지기 위해 있는 것인지도 모르겠어요. 이웃 텃밭으로 가보니 땅 아래서 기를 쓰고 올라오는 샴쌍둥이 감자 싹과 그들을 올라오지 못하게 엉덩이로 누르고 있는 흙더미와의 한판 싸움이 벌어지고 있네요. 흙은 감자 싹이 땅속에 있을 때 온기를 보듬고 어서 자라 세상 밖으로 나오라고 부드러운 이불이 되어 주었던 은인인데.

감자 싹이 치열한 밥벌이 싸움에선 은인도 잊은 모양이고, 흙은 그들이 막상 치고 올라오니 불안한가 봐요. 싹은 더 세게 흙더미를 밀어 올립니다. 흙더미는 더 절박한 감자 싹 위에서 쪼개지며 기우뚱대더니 쓰러지네요. 나는 얼른 가서 양편 모두 목욕을 시켜 주었어요. 저들은 과연 화해할 수 있을까요.

이리저리 다니며 세상 경험 많이 했네요. 이별과 만남을 겪으며 또 다른 이별을 확신했고, 열병의 징후와 생존을 위한 아귀다툼도 보았어요.

여기에서 오래 머물며 더 많은 경험을 하고 싶지만 이제 떠나야 해요. 서둘러 떠나야 하는 이유를 묻지 마세요. 아니 실은 그대들에게 은밀히 할 말이 있어요. 나는 두려운 거예요. 어느 순간 내가 난폭해져 폭우로 변해 꽃들과 여린 잎들을 다치게 할까 봐서. 그러니 지금 사라질게요. 혹시 갈증이 심해지거든 연락해 줘요. 그때 다시 다녀갈게요. 안녕.

배 평 순

바다를 그리는 연꽃
늙은 솔낭구와 싸가지

전남 고흥 출생
〈문학秀〉 수필부문 등단, 신인문학상(제7호)
전남여류문학회 회원
문학秀작가회 회원

바다를 그리는 연꽃

　어느 날 한 스님께 연꽃 한 줌을 받았다. '구멍 뚫어서 단주를 만들까?' 생각하다가 천년 지난 연시가 싹을 틔웠다는 글을 읽은 적이 있어서 한 번 시도해보고 싶다는 욕심이 생겼다. 연 씨 한쪽 끝을 깨트려서 물에 담갔다. 그랬더니 일주일쯤 지나 씨는 싹을 틔우고 연잎한 장이 나왔다. 날마다 들여다보는 재미에 푹 빠져 아기를 키우듯 돌보았다. 얼마 후 연잎이 자라서 큰 통에 흙을 담고 물을 부어 옮겨 심었다. 이번에는 무성한 연잎이 나오고 큰 잎사귀에 이슬방울이 또르르 맺혔다. 연꽃은 비가 오면 잎에 품을 만큼의 빗물만 품고 나머지 물은 미련 없이 버리는 모습도 볼 수 있었다.

　인간은 자기 한계를 모르고 무조건 많이 담아 욕심을 채우려고 하지만 철저히 자기관리를 하는 것을 연잎에서 배우고 나를 뒤돌아보았다. 작년에는 꽃대가 올라오더니 예닐곱 송이 꽃을 피웠다. 꽃송이가 봉긋이 커질 때마다 아침에 인사하고 흰 꽃이 벙그는 날은 기다림으로 새벽을 맞이했다. 은은한 향기를 안고 있는 그 모습이 너무나 품위 있어 정겨웠다. 그 향기에 취해 주위의 모든 공기를 갈무리해서 투명한 유리병에 담고 싶었다. 꽃송이를 따서 차를 만들고 싶었지만, 너무 아깝고 꽃에도 미안해서 다음번에 다음번에 하고 미루었다. 그러다가 막상 마지막 꽃잎이 지는 날은 손바닥에 놓인 꽃잎과 작별 인사를 하느라고 아쉬워했다.

큼지막하게 잘 자란 연잎을 따서 연밥을 만들어 이웃을 불러 나눔도 하고 막내딸에게 선물로 보내기도 했다. 올해는 연들이 많이 자라서 통이 좁아 또다시 그릇을 늘려 주었다. 넓은 공간으로 이사 간 연들은 초여름 바람에 춤을 추고 목을 길게 빼고 깨금발로 담 너머를 기웃거린다.

그리움은 언제나 긴 목이 되어 슬픈 것인가? 사람도 바다가 그리워 여름이면 바다를 향해 피서를 가지 않던가? 몇 시간씩 걸리는 길을 교통체증도 마다않고 내달리는 그 마음과 같은 게 아닐까 싶다. 연꽃이 바다를 향해 피어 있어 하도 예뻐서 사진을 찍어 멀리 도시에 사는 지인에게 카톡으로 보냈더니 얼마 후 톡이 왔다. '바다가 그리워 담 밖을 내다보는 하얀 연꽃'이라는 제목이 떴다. 시인은 이야기를 말로 듣는 게 아니고 시로부터 듣는다는 문구가 떠오른다. 사나흘 후면 스러질 청춘이 아쉬워 꼭 보고야 말 임의 모습을 그리워하는 여인이라고나 할까? 인생도 꽃다운 청춘이 짧은 게 아쉬워 평생 해보지 못한 일은 죽기 전에 어떻게든 그 욕망을 채우고 싶어 하는 '총질량의 법칙'이 있다고 한다. 연은 씨방에 걸린 술들을 뒤로 하고 연자방을 열심히 키우고 있다. 알알이 박힌 보석 같은 씨들이 여물면 그 누군가의 기쁨이 되고 연방은 그날을 그리며 7월의 뜨거운 햇살에 얼굴을 내밀고 시간을 채우고 있을 것이다.

나는 예부터 연꽃이라는 이름과 인연이 많았다. 어릴 적 내가 살던 이웃 동네에 '홍연'이라는 이름을 가진 마을이 있다. 그 마을은 땅 모양이 붉은 연꽃을 닮았다 하여 지어진 이름이란다. 섬이지만 가장 깊은 골짜기에 자리 잡은 마을로 유명하고 산벚꽃과 동백이 많은 곳이다. 마을이 크진 않지만, 산이 높아서 큰 내가 흐르고 그 내가 흘러서 명천明川이란 마을로 흘러간다. 바다를 그리워하면서… 자갈돌이 짜르르 소리를 내고, 옛 영화배우 조미령이 출연한 '바위고개'란 영화를 찍은 마을이다. 고산 윤선도의 지팡이를 꽂아 나무가 자랐다는 이름도 예쁜 홍연. 내가 어릴 적 울고 떼쓰면 그 다리 밑에 쑥떡을 파는 우리 친엄마가 있으니 엄마한테 가라고 겁을 주었다. 울면서 홍연마을 다리를 찾아갔던 기억이 난다. 어린아이 걸음으로 가도 가도 다리 밑은 나오지 않고 헤질 무렵 식구들에게 소환되어 오빠의 등에 업혀 집으로 돌아온 그 날 이후 다리 밑 쑥떡 장수 이야기는 우리 집에 금기 사항이 되고 내 엄마가 친엄마인 것을 의심치 않았다. 애틋한 기억 속의 홍연. 그 지명과 냇가는 나의 유년과 함께 내 마음속에 영원히 남아 명천을 향해서 바다로 가고 있다.

인생도 꽃피고 지는 젊은 날은 짧을지라도 눈감을 때까지 노을 향해 발걸음을 옮기며 산다. 사나흘 지나면 떨어지는 꽃잎처럼 씨 방을 안고 억겁의 희망의 씨를 품어 연자방을 지킨다. 그리고 묵언 의 수행을 한다. 까만 씨가 알알이 박혀 고개를 떨구면 그 결실은 또 어디에 붉은 단심의 마음을 피울까? 진흙 속에서 가장 맑고 깨끗 하게 피어나는 연꽃, 그 마음을 뉘라서 부정하리오? 내 뜰에는 소복 입은 백연이 외롭다. 그래서 바다를 그리워하나 보다. 내년에는 홍 연을 심어 뜨거운 마음으로 마주 보고 눈 맞추며 향기 품어서 한 시 절 연하 세계를 만들고 싶다. 그리움보다 사랑으로 마주 보면서 꽃 을 피우게 하고 싶다.

늙은 솔낭구와 싸가지

남편이 늙고 병들어 일을 접은 후 젊은 날 좋아하던 그림을 그린다. 느린 속도로 시간을 잃어버린 채 한 장 한 장씩 세월을 그리고 있다. 어느 날은 매화를, 어느 날은 난초를 치면서 마음에 바람 소리를 품어내고 있다. 댓이파리를 그려서 댓바람 소리를 들으라고 내 창 앞에 붙여주기도 하고 옛동무에게 "옛다, 세비 그림이다!" 하고 새우를 그려 주기도 한다. 어느 날은 그의 작업실에 가보니 전지에 소나무 두 그루가 그려져 있다. 등 굽고 옹이 진 세월이 덕지덕지 묻은 솔은 시간을 보여주고 껍데기 속에 품은 곤충들의 텃자리는 피딱지처럼 터져 있다. 한 행마다 비바람과 자연과 울고 웃은 흔적이 웅숭그려진 손마디를 느끼게 한다. 그 옆에는 짙푸른 풋풋한 소나무 한 그루가 그려져 있다. 제목이 무어냐고 물으니 '늙은 솔낭구와 싸가지'란다.

왜 제목이 그리도 거치느냐고 물었다. 그리는 내내 무얼 생각했는지를 말하지 않고 자기 자신을 손가락으로 가리킨다. 늙은 솔낭구는 병들어도 다 내어 준 자기 자신의 등 굽고 볼품없는 모습과 온갖 풍상을 이겨내고 휘어지고 부러진 가지를 안은 채 세월의 무게 속에서 이제는 서쪽 하늘로 고개를 든 채 묵언수행을 하면서 기다린단다. 동무들도 하나둘 떠나고 씨 떨어진 그 자리에서 팔십 가까이 서 있는데 청정한 소나무가 자꾸 싸가지 없이 깝죽댄단다.

그늘 내어주고 씨 간장 익어가듯 살아온 등이 굽은 낭구. 굽은 나무가 선산 지킨다고 거칠은 바닷가 낭낭 끄트머리에 해송으로 바다를 향해 서 있다. 솔방울 싹 틔워서 하루 한 번 태엽 감는 벽시계 밥 주듯이 아침저녁으로 보살핀 세월. 바라보고 마음 졸여 보살핀 긴 세월. 엎드리는 법을 배우라고 너무 삐쭉 솟은 가지는 바람에 꺾어지고 낭창거리지 않으면 제풀에 부러진다고 말해 주곤 했다.

오늘도 늙은 낭구는 젊은 솔을 향해 눈을 맞춘다. 태풍이 오면 자기 가지는 꺾어져도 어린 솔 다치게 하지 않으려 애쓰며 솔가리 떨어지는 가을이 되면 새끼솔 아래 떨어뜨려 포근포근 덮어주고, 내년 봄 썩거들랑 거름 되라고 '호호' 입김 불어주는 늙은 솔낭구, 그 숨결이 가슴을 적신다.

갈대가 꽃 피우고 해 지나도 그 꽃대공을 그대로 가지고 있다가 어린 갈대가 자라서 혼자서 설 수 있을 때 꺾어진다고 한다. 식물이지만 사람보다 낫다.

옛글에도 읽은 적이 있다. 오래전 세상에도 요즘 젊은것들은 옛날하고 다르다고 씌어져서 나는 '픽' 웃은 적이 있다. 세월이 급변하는 요즘에는 IT와 컴퓨터의 세상이어서 지금은 더 많이 변한 세태에 저 늙은 솔낭구는 가슴에 가득 찬 눈물을 아버지란 이름으로 울지도 못

하고 삼키고 눈물을 땅으로 내린다. 사랑하는 이가 약자라던가? 그늘도 솔바람 소리도 아낌없이 다 주고 그 자리에 서서 손발은 있으되 잡을 수 없고 부를 수도 없는 그 마음을 하늘 향해 기도하고 땅 기운으로만 푸른 솔에게 전하고 있다. 오래된 솔만이 광솔이 된다고 한다.

인간사 속에 이름 지어진 늙은 애비와 세대가 젊은 아들이 무엇 다르리. 말만 못 하고 움직이지만 못할 뿐이지. 그 또한 지중한 인연으로 태어나서 금수저 못 만들어 준 애비는 미안하고 청정한 높은 산에 금강송으로 태어나게 못 해주어서 궁궐의 아름드리 지붕도 못 해서 미안한 솔낭구. 거친 바다 절벽 낭낭 끄트머리 해송으로 싹 틔워서 꼬부라진 늙은 솔낭구. 몫몫이 다르고 쓰임도 다르지만 한 생 살다 가는 사람도 저 낭구도 같으리라. 날씨가 차가워진 후에 소나무의 진가를 알고 어린 솔도 애비가 베어지고 난 뒤에야 갈비뼈 사이에 마른 바람이 지나가고 삯풍이 시린줄을 알게 되리라. 부모도 자식도, 애비나무와 새끼나무도 이 같은 것이리라.

그들이 부르고 사랑하는 마음은 눈을 맞추는 순간 무장해제가 되고 인연의 끈은 이어지리라. 모든 것이 인연으로 만났다가 인연으로 헤어진다. 바람이 불어와 풍경을 만나 소리를 품고 애비와 아들의 마음도 무엇이 다르겠는가? 그리움으로 떠돌다 허공에서 만나 이름 지어진 그들은 애비의 묵언수행의 향기가 은은한 솔바람 소리로 오래 남으리라.

젊은 솔도 세월이 지나면 늙은 낭구를 그리워하지 않을까?

이기숙

아, 꽃이 피었구나!
잊지 못할 스승님

〈문학秀〉수필부문 등단, 신인문학상(제9호)
진주교육대학교, 진주교육대학원 석사 졸업
경상대학교 외 2개 대학교 인성교육 전문교원 양성과정 이수
제7회 전국문학인 꽃 축제 주최 꽃시 백일장 일반부문 대상
현) 경남 창원 안남초등학교 교장

아, 꽃이 피었구나!

보름 전부터 사안과 관련된 내용으로 연이어 보고가 올라왔다.

얽힌 관계를 풀지 못하고 꼬이는 상태를 갈등葛藤이라 했던가!

어느 순간부터 나는 식물을 자세히 들여다보는 버릇이 생겼다. 나태주의 시『풀꽃』에 나오는 '오래 보아야 사랑스럽다'라는 문장을 되뇌면서.

마을 산책길에는 칡넝쿨이 무성하고, 주남저수지 끝자락에는 아주 오래된 등나무가 행인들을 부른다. 묘한 것이 칡넝쿨은 반시계 방향으로, 등나무는 시계 방향으로 감기면서 자라는데 서로 엉키면 도저히 풀리지 않는 복잡함이 드러난다. 사람들은 자연의 생태를 보고 갈등이란 단어를 만들어 냈다. 우리네 삶에서도 무수한 갈등 상황은 계속되고, 그 문제를 원만하게 해결해야만 하는 고민 또한 숙명이다. 특히 조직의 최고 책임자는.

문제가 발생하면 리더는 해결책을 찾기 위해 고심하면서 거치는 단계가 있다. 상황의 파악, 정확한 인지, 명확한 개념 정리와 관련 근거 등을 숙지하고 절차에 맞게 일을 처리해야 한다. 아울러 개선점이나 보완점을 찾아 서로가 만족할 수 있도록 거듭 고뇌하는 것이다. 그렇지만 때때로 예기치 않은 상황에서의 대응은 시행착오를 겪으며 참담할 때도 있다. 적자생존(?)만이 살길이라는 세간의 우스갯소리가 철저한 생존의 법칙임을 일깨워 주는 예이기도 하다. 며칠 전부터 복잡한 문제의 내용들을 하나하나 들여다보며 단순화시키는 작업, 관련 근거와 리더의 역할에 대한 최선책을 찾느라 지난 밤에는 거의 잠을 설쳤다.

살아온 날들 속에서 갈등 아닌 일이 얼마나 될까? 긴 고민 끝에 뇌리를 스치는 한 장의 그림, 한자 학습지 속의 황새 '관鸛'이다. 내 책상 위에는 늘 한자 학습지가 놓여 있다. 일부러 치우지 않고 시간 날 때마다 더 좋은 아이디어를 찾기 위해 넘겨 보곤 한다. 자세히 살폈다. 오래도록 생각해 보았다.

그래 관점觀點이야! '사물이나 현상을 관찰할 때, 그 사람이 보고 생각觀하는 태도나 방향 또는 처지點'라고 국어사전은 정의하고 있다. 다시 볼관觀을 파자하면 황새 관鸛과 볼 견見으로 나눌 수 있는데 여기서 관鸛은 생각(마음)이고 보는 것은 견見이다. '마음속에서 황새가 먹이를 찾아 두리번거리는 눈만을, 아니면 위에 있는 볏만을 볼 것인가.'라는 생각의 차이, 우리들의 생김새가 각각 다르듯 사람마다의 생각, 즉 마음은 천차만별이다. 똑같은 사물을 대할 때 내 마음이 시키는 대로, 보고 싶은 것만 보고 듣고 싶은 것만 들을 때가 많다.

누구는 눈을 보고, 다른 이는 볏만 보고 황새라 우길 때 어찌 제삼 자가 틀렸다고 말할 수 있으리오. 칡넝쿨이 반시계 방향으로 등나무 는 시계 방향으로 감기는 자연의 생태에서 세상일은 어찌 이리도 이 둘을 닮았는지.

긴 나무 막대기에 걸터앉아 먼 곳을 바라보고 있는 황새의 눈빛. 그 옆엔 아이의 말주머니가 있다. 자신을 키워주신 할머니 할아버지 에 대한 사랑과, 가르쳐 주신 선생님에 대한 고마움이 정성스레 담긴 황새 그림. 또박또박 쓴 글씨 속에 담겨 있는 메시지, 섬광처럼 떠오 르는 단어는 긍정이었다. 긍정의 힘. 그랬다. 부모 얼굴조차도 모르 고 조부모 손에서 자란 아이는 부모에 대한 원망보다 할아버지 할머 니에 대한 사랑을 먼저 보았고, 선생님에 대한 감사함을 먼저 말하지 않았는가. 이 황새 그림 한 장에 담긴 긍정의 의미를 나는 하마터면 놓칠 뻔했다. 그래, 갈등 해결의 실마리는 접점을 찾는 일이지. 서로 가 존중하여 다치지 않고 자존감을 지키면서도 일상을 회복하는 일. 또 드넓은 대지에서 드높은 하늘에서 모두가 날고 있는 황새를 보면 서 이해하는 일이라 말하고 싶다. 차분히 눈을 감고 지난 일들을 하 나하나 떠올려본다. 해결 과정에서 나는 남의 생각을 강요한 적은 없 었는가, 아니 내 생각대로 해석하여 마음 아프게 한 일은 더더욱 없었 는가! 자꾸만 자신을 질책하면서 맹자 고자 장구편 한 구절을 떠올린 다.

'하늘이 장차 어떤 사람에게 큰 임무를 내릴 적에는天將降大任於是人也

반드시 먼저 그 사람의 심지를 괴롭히고必先苦其心志……'

창가에 놓인 작은 화분으로 눈길을 돌렸다. 마침내 꽃이 피었구나! 생명을 구하겠다는 긍정의 눈으로 보면, 아픈 마음을 이해하겠다고 두 귀를 쫑긋 세우면 죽어가던 식물도 꽃을 피우게 할 수도 있겠지. 그동안 꽃봉오리도 없었던 풍로초.(아파트 고층에서 시들시들 죽어가던) 아주 작은 꽃 두 송이가 뾰족이 고개를 내밀면서 고맙다고 외친다. 말 없는 식물이 얼마나 힘들었을까? 시들시들 죽어간다고 죽은 모습만 보았다면… 살릴 수 있다는 간절한 긍정의 힘이 말 못 하는 풍로초에게도 통했던 것일까. 햇빛과 양분을 듬뿍 받아 이런 꽃을 피우다니. 생사의 갈림길에서 살려준 내게 고맙다는 인사를 하는 것 같다. 버텨줘서 고맙다고 오히려 내가 인사를 할 일이다.

나도 남의 버팀목이 될 수 있을까? 그리하여 어려움을 겪고 있는 모든 분들의 자양분이 되어 인간 승리의 꽃을 피울 수 있도록 말이다.

며칠 전 유난히도 더웠던 날 고속도로의 사고 현장에서 발을 동동 구르며 애태웠던 적이 있었다. 그래도 아까운 시간 허비했다는 부정보다, 아무도 다치지 않아 다행이라며 '고맙습니다. 수고하셨습니다.'를 함께 외쳤던 인간 꽃 두 송이. 그 따사로운 긍정의 기운이 보태어져 앙증맞은 풍로초의 꽃망울을 터뜨리게 했나 보다. 아! 드디어 기다리던 꽃이 피었다.

잊지 못할 스승님

코끝이 아려온다. 창문 너머로 스며든 은목서의 향기는 곤충들의 향연인지 아련한 기억 저편 잊지 못할 그리움인지.

교장선생님과 함께하는 인성·한자교육, 안남초등학교(교장 이기숙)는 지난 9월부터 전교생(24학급)을 대상으로 한자의 구성원리를 활용한 인성·한자교육을 실시하였다… 중략

2021년 10월 19일자 영남신문, 뉴스경남에 실린 우리 학교 기사다.

내가 다녔던 중학교는 한 학년이 500여 명 남녀공학으로 고등학교와 같은 재단에서 운영했던 시골 학교다. 남녀 명문고등학교에 몇 명이나 입학시키느냐로 학교를 평가했던 시절이기도 하다. 고입 시험을 칠 당시 학교에서는 내게 M여고 시험을 포기하면 입학금을 면제한다는 조건을 달았다. 6남매의 맏이인 나는 아버지의 깊은 병환과 동생들이 많았기 때문에 장학금으로 재단에서 운영하는 고등학교에 다녀야만 했다. 학교에서는 아마 합격이 되면 아무리

어려운 형편이라도 부모님의 마음이 변하여 M여고에 보낼거라고 생각했던 모양이다. 그래서 담임선생님을 통해 설득을 시키셨던 것 같다. 글을 쓰고 있는 지금도 고입 전날 밤의 오열이 오버 랩 된다. 한동안 메말라서 흐르지 않을 것 같았던 눈물샘이 터졌나 보다. 가슴이 시리도록 아프다.

입학할 당시에는 여학생이 18명으로 1학년 2학기부터 졸업할 때까지 남녀 합반을 했다. 한참 멋 부리고 꿈에 부풀었을 고교 시절, 신바람이 더 많던 남녀 학생들이 한 반에 50여 명이나 섞여 있었으니 그 교실 분위기야 어찌 말로 표현할 수 있으리. 언제나 나의 표정은 어두웠고 참 많이도 울었다. 같은 재단 학교였기에 중학교 3학년 때 담임이셨던 선생님은 또 고등학교 1학년 사회도 가르치셨다. 수업 분위기가 어수선하여 나는 가끔 넋이 나간 사람처럼 창밖을 바라보는 버릇이 생겼다. 언젠가 수업에 집중하지 않고 먼 산을 보는 척했을 때 나는 선생님의 회한(?)에 찬 눈빛을 읽은 것 같다. 그 당시 나를 고입 시험을 보게 했더라면. 그러나 그 눈빛 속에는 믿음에 찬 확신도 있었다는 것을 이제야 알겠다. '너는 잘할 거라고. 또 너를 응원한다는.'

고등학생이라도 학교 오가는 시골길은 멀기도 하고 여러 마을을 거쳐야만 했다. 한여름 그늘진 평상에 모인 사람들은 우리 학교를 비하하는 말을 했고, 중학교 때 친구들이 주말에 자랑스런 교복을 입고 나타날 때면 나도 모르게 전봇대 뒤에 숨기도 했었다. 고교 3년 동안 무엇이 그리도 나를 비참하게 했는지. 또 고2 때는 국어 선생님과 백일장에 참석해 혼자 집으로 오는 기차역에서 어떤 남학생이 내 교복을 보고 비꼬았던 말과 행동은 내게 참을 수 없는 모욕과 자괴감을 주었다. 그때는 죽고 싶은 마음뿐이었다.

'저런 학생에게 이런 취급을 받다니'를 수없이 되뇌며 그날 나는 반드시 대학에 들어가야만 한다는 말을 주문처럼 새겼다.

평소 앓고 계셨던 아버지의 병환은 고3 때도 여지없이 나를 슬프게 했다. 잠깐 삼촌 댁에서 공부를 했지만 여의치 못해 집에서 다녔는데 시골에서 밤늦게 자율학습을 하고 집에 가는 일은 예삿일이 아니었다. 그런 나의 안타까운 모습을 보시고선 선생님께서 또 당신이 사시는 집 옆 방에 살게 하면서 먹는 것까지도 신경을 써 주셨던 것이다. 중3 때는 신혼이셨는데 사모님의 깊은 배려 덕분으로 공부할 수 있었지만, 예비고사 시기에는 선생님의 둘째 아기가 태어났던 때이기도 하다. 병치레가 잦은 두 아이를 키워 본 나는 산고와 육아의 힘듦을 누구보다 잘 알기에 아무나 할 수 없는 사모님의 헌신적 내조에 한없는 고마움을 생각하며 오래도록 간직해 왔다.

오늘따라 은목서의 향기는 지금의 나를 있게 해주신 선생님 내외분의 훈훈한 사랑인 양 유난히도 짙다.

세월이 많이 흐른 지금 우리 모교는 꽤 괜찮은 학교가 되었다. 여건이 썩 좋지 않았던 초창기 때라 나에게는 참으로 아쉬움이 큰 고등학교 시절이었지만 뒤돌아보면 아픈 청춘이었고 어리석음의 극치였다는 것을 이제야 절감한다. 혼자 고민한답시고 시간을 허비할 때 맑은 정신으로 책이라도 읽었더라면, 번민했던 가슴과 허탈감을 승화라도 시켰을 텐데 그러지 못한 자신이 못내 후회스러울 뿐이다. 아, 그때는 단지 울분만 토했었구나! 갑자기 뇌리를 스치는 말 '울음이 승화되어야 진정한 웃음이 나온다.' 그래도 살아온 날들을 반추해 보니 모두가 나를 위한 단련이요 성장통이었지만 돌이키고 싶지는 않은 나날.

하늘이 내게 맡긴 소명은 따로 있나 보다. 교육정책의 변화로 기회와 위기는 언제나 공존하는 법, 예비고사와 본고사로 모집하던 교육대학의 입시제도가 본고사 대신 내신성적으로 바뀌어 수월하게 교대입학을 할 수가 있었다. 당시 여대생이라면 멋과 낭만을 만끽할 대명사로 불린 시대였기에 설레는 마음으로 대학 생활을 꿈꿀 수도 있었겠지만 내게는 사치였다. 그때는 시대적 혼란으로 학생 과외가 허락되지 않았고 2년간의 대학 생활은 혹독한 겨울 날씨에도 견디며 아르바이트를 해야만 하는 날들이었다. 그렇게 힘들었지만, 또 다른 세계에서의 경험은 때때로 삶이 힘들 때 나를 버티게 해준 자양분은 아니었는지. 지금은 스스로를 위로하게 된다.

졸업과 동시에 1981년 3월 1일 첫 발령지 통영(당시는 충무)에서부터 정년퇴직을 앞둔 지금까지 나는 항상 운명적인 만남의 아이들이 있었다. 마음이 아픈 친구, 물건이나 돈을 가져가는 친구, 거짓말하는 친구 등.

교육자로서 아픈 마음을 달랜다는 것, 거짓을 뉘우치게 한다는 것

등은 참으로 어렵고도 많은 시간을 필요로 하는 일이다. 나름대로는 열심히 교육 현장에서 최선을 다했건만 어떤 변화가 있었는지 또 지금은 어떤 모습으로 살아가고 있는지 모두가 궁금할 따름이다. 묘한 것이 인연이라 했던가! 만나야 할 사람은 보이지 않는 어떤 끈으로도 연결되어 있나 보다. 교장 첫 발령지(2017.9.1.)인 함안에서 우리 학교 교무부장이 그때 태어났던 둘째 딸(중학교 교사)의 남편으로 선생님의 사위라는 사실이었다. 놀랍고도 믿기지 않는 현실이다.

'나는 친구들에게 어떤 모습의 친구가 되고 싶나요? 자신의 손을 보면서 다섯 손가락을 그려보세요. 손 手가 되고 이 한자가 변해서 어떤 글자가 만들어졌는지도 살펴봅시다.' 벗 우友가 되었지요. 친구와 나의 손을 마주 잡으면 서로의 눈빛도 볼 수 있고……

신문의 기사처럼 안남초등학교 3학년 교실에서 한자 구성원리를 활용한 인성교육을 하고 있는 한 장면이다.

끝나지 않는 코로나19로 관리자의 책임감은 몸으로 나타나는 것 같다. 때로는 소진된 상태로 선생님을 떠올리면서 혼잣말을 할 때가 있다. 스승님! 저도 선생님처럼 지치고 힘든 아이들에게 조건없이 그들을 따뜻하게 품어 주었을까요? 여지없이 돌아오는 나의 대답은 이기심과 어리석음이 더 많았음을 인정한다. 근래에 나의 등단 작품이 실린 문예지를 들고 선생님 댁을 방문했었다. 고등학교 교장으로 퇴직하신 조권제 선생님은 여전히 깡마른 체구에 백발이 성성했지만,

제자를 사랑하던 그 인자하신 눈빛만은 여전하셨다. 인성교육의 전도사가 되겠다는 나의 결심은 오랜 세월 가슴 깊숙이 묻어 두었던 아이들과의 인연, 또 이 자리에 나를 있게 하신 선생님과의 무언의 약속은 아니었는지.

　　바람결에 실려 온 나의 추억여행은 생기발랄한 아이들의 재잘거림으로 종착역에 닿았다. 내년 가을, 은목서의 꽃잎이 흩날릴 때 나는 선생님 내외분의 은혜를 생각하면서 인성·한자교실에서 '스승은 마음의 어버이시다'를 노래하며 스승 사師를 가르치고 싶다.

이영미

모기를 연구하는 여자
월명사와 빈 휠체어

영화감독, 수필작가
서울대학교 졸업
영국 국립영화학교 연출과 졸업(석사)
중·단편영화 10편 연출(28개 국제영화제 초청)
1999년 영국 장편영화 〈노팅힐 Notting Hill〉 후반작업 참여
2003년 임형주 뮤직비디오 〈Salley Garden〉 연출
2011년 장편영화 〈사물의 비밀〉 감독/제작/각본
2012년 위 영화 한국, 일본, 홍콩 등 4개국 개봉
2012년 위 영화 모스크바 영화제 경쟁부문 진출,
몬트리올, 전주 등 10개 국제영화제 초청
2012년 위 영화 LA 국제여성영화제 최우수상 수상
2021년 제9회 〈문학秀〉 등단 및 신인문학상 수상
2021년 저서 3대 에세이집 〈엄마의 붉은 바다〉 출간
2022년 현재 영화사 (주)필름프론트, (주)사이팔 대표

모기를 연구하는 여자

나는 세상의 모든 종種 중에 모기가 제일 싫다.

동식물. 뱀, 악어, 어패류. 쥐, 짚신벌레, 아메바까지 통털어 모든 생명은 다 소중하다고 생각하며 그 종족보전의 정당성을 이해하지만 모기만은 용서할 수가 없다.

나는 사실 '파리 한 마리도 못 죽이는 인간'이다.

바퀴벌레를 보면 "엄마야~!" 소리치며 화들짝 도망가고, 화장실 바닥에 앉은 귀뚜라미를 발견하면 귀뚜라미보다 더 펄쩍 뛰며 놀란다. 그러면서 용기를 그러모아 발로 탕탕! 큰 소리를 내어 귀뚜라미 쪽에서 제발 알아서 피해주기를 바라는 나약한 인간이다.

바퀴벌레나 귀뚜라미 입장에서는 내가 '진격의 거인'보다 더 큰 괴물로 보일 것이고 생명에의 위협의 정도가 차원이 다른 존재일 거라는 건 나도 알지만, 그래도 내 쪽에서 더 무섭기에 잡기는커녕 내가 도망가는 쪽을 택한다. 음식물만 보면 몰려와 붕붕거리는 파리도 성가시고 좀 비위생적으로 더럽지만 "그래, 너희도 먹고살아야지" 하면서 모른 척 자리를 피해준다.

이런 내가 유일하게 살생하는 동물이 모기다.

모기만은, 모기만은 용서가 안 된다.

이십 년 전의 너무 더운 어느 한 여름, 모기를 연구하기 시작했다.

그해 여름은 유난히도 더웠으며, 당시 살던 보금자리의 주거 조건도 그리 좋은 편은 아니었던지라, 찌는 한여름의 더위는 더 덥게 느껴졌고, 설상가상으로 그해의 모기는 유난히 잔혹했다.

그 전 해 여름의 모기보다 그악스럽기가 거의 사람한테 달려들어 뜯어먹는 피라냐 수준이었고 유난히 신경질적이었으며, 날아오면서 내는 앵~ 앵~ 소리는 소프라노를 능가하는 옥타브에, 응급차 사이렌 소리보다 더 신경을 자극하며 귀에 거슬리는 것이었다. 크기도 여느 해에 비해 훨씬 컸는데 신속성은 대단했으며, 행동은 과감하여 도무지 물러섬이 없었다.

나는 온 팔을 휘두르며 모기를 이리 쫓고 저리 잡고 했지만, 손뼉은 허공에서 부딪힐 뿐, 그것들은 아마존에서 유격훈련이라도 받고 왔는지 도무지 내 손에 잡히질 않았다. 영광도 없는, 상처뿐인 시간들. 모기 물린 벌건 자리를 벅벅 피나게 긁으며 내 눈에선 피눈물이 솟아올랐다.

'악마구리같은 것들!'

나는 분노에 사무쳐 모기에 대해서 연구하기 시작했다.

그 전 해와 다른 모기의 성격 변화에 대해서, 앵~ 하는 소리의 주파수의 차이, 피를 빼는 방식, 몸집 크기, 변신술을 쓰는 방식의 진화 혹은 변화에 대해서.

모기가 언제나 똑같겠지, 뭐가 다르겠는가 하겠지만 나의 이십여 년간의 연구 결과, 모기는 매년 다르다는 것이 나의 결론이다. 내가 무슨 곤충 전문가라고, 과학적인 지식으로 무장한 연구는 아니고, 다만 눈과 귀, 몸으로 잡는 행위들을 통한 관찰과 경험을 토대로 올해의 모기는 어떨 것인가 예측하고, 그렇다면 어떻게 잡으면 되는 것인가 등을 연구하는 것뿐이다.

실용 과학이라고나 할까.

참고로, 2022년의 모기는 크기가 작고 아담하며, 2021년의 모기들에 비해 눈앞에 어른거렸다 바로 사라지는 분신술에도 능하지 않으며, 외관과 행동이 의외로 눈에 띄고 어리바리하다. 이것들이 뭘 믿고 금년에는 천장에 눈에 띄게 붙어있기 일쑤다. 그런데 반전은, 무는 솜씨는 진화했다. 이전의 화려한 변신술과 닌자를 방불케 하는 도망술에 비해 물 때는 직선적이며 주변에서 아예 맘잡고 죽치고 얼쩡대다 나긋하게 물고 천천히 날아간다. 그런데 잡기가 어렵다. 그리고 물리고 나면 상처 부위가 크고 빨갛게 부어오르고 덧날 정도로 데미지가 크다. 2022년 모기는 조심할 것.

그렇다면 내가 모기를 이렇게 집요하게 연구하는 이유는 무엇일까.

단순하다. 어떻게 하면 모기를 잘 죽일 것인가가 연구 목적이다.

그해 모기의 성향을 예측, 표본 분석하여 어떤 무기와 방법을 쓸지 준비하고 무장하는 것이다.

"상대방 입장에서 생각하라"고 하는 모든 종교와 철학의 가르침은 나도 존경하는 사람이라, 바퀴벌레, 귀뚜라미, 뱀, 박쥐 심지어 인간까지도 입장을 바꾸어 얼마든지 생각해줄 수 있고 다 이해가 된다. 그러나, 모기 입장에서 생각해 볼 수는 없다. 아니, 생각하고 싶지 않다.

같은 여자로서 어찌 이럴 수가 있냐 말이다, 의리 없는 것들.

모기는 암컷 모기만 피를 빤다는 것은 아는 사람은 다 알 것이다.

너희가 알을 낳기 위해서 필사적으로 사람과 개, 소의 피를 빨기 위해 달려드는 것은 생존의 목적이겠지. 그렇지만 그건 너희들 사정이고, 내가 왜 너희 종족 보존의 목적에 이용당해야 해? 희생양이 되어야 하냐고?

너희가 다른 종種들을 괴롭히는 것만큼 너희도 고통받아야 해!

아마도 그동안의 나의 남친(들)은 이런 나를 보고 공포스러웠을 것이다.

상냥하고 마일드한 인간의 모기 앞의 돌변, 번들거리는 눈으로 모기 죽이는 법을 연구하는 모습, 테니스 라켓 모양의 전기채로 먹이감

앞의 고양이 혹은 표범처럼 헌터의 본능으로 슬그머니 다가가 나비처럼 한 큐에 타닥~ 태워죽이는 모습, 그리고 승리감에 도취되어 즐거워하는 모습, 벽에 붙은 모기를 손으로 쓱 문질러서 피칠갑이 된 벽을 보며 으흐흐흐 악마처럼 웃는, 하이드로 변신한 복수의 화신을 보며 '이렇게 무서운 여자였어?' 하며 공포에 떨었을지도.

　모기에 자비를 베풀라는 남자들이 의외로 많다. 모기 물린 자국들을 벅벅 긁으면서 "그래도 살생은 하지 마라"거나 "놔둬라, 피 좀 빨아먹으라고 해. 나누며 살아야지"라고 사해동포주의를 시전하시거나 "종족 보전을 위해 그러는 건데 좀 이해해 주라"든가.
　그럼 니가 내 몫까지 다 물려주시든가요.
　그런 자비 필요없다.
　모기에 관한 한 나는 너 죽고 나 살자다.
　앞으로도 나는 꾸준히 모기를 연구할 생각이다.

　조금의 자비심을 내어 모기 종족한테 한가지 팁을 준다면(적에게도 아량 한 번쯤 베풀 수는 있잖은가)
　그 앵~ 하는 소리만 안 내도 참아줄 수 있다는 거다.
　소리를 내는 너희 신체구조상 불가능하긴 하겠지만,
　분신술도 배운 너희들이 그것만이라도 진화해 봐라.
　불 끄고 잠을 청하려 하자마자 앵~ 소리를 내어 호모 사피엔스의 신경을 긁고 단잠을 초치는 그 못된 심성을 좀 순화시켜 보라고.

적어도 잠든 다음에 날아와서 피를 빨든 물든 하라는 말이다.

뱀파이어처럼, 소리라도 안 내고 다가온다면 내가 기꺼이 물려주겠다.

하지만.

그 성깔을 안 바꾸는 한 너희는 영원히 나의 적이다.

그 가증스런 소리가 들릴 때마다 나는 본능적으로 재빠르게 헌터가 된다.

오너라, 몇 마리라도.

내가 다 상대해 주마!

21세기의 여전사는 오늘도 전자 모기채를 청룡도처럼 손아귀에 집어 든다.

월명사와 빈 휠체어

햇살이 아스팔트 바닥을 뜨겁게 달구며 내리쬐는 여름 한낮.

언덕 밑 대로변에 길을 건너려고 서 있는데,

머리가 하얀 조그만 체구의 할머니 한 분이 할아버지를 휠체어에 태운 채

낑낑 힘겹게 밀고 내려오신다.

힘에 부치시는지, 약간 내리막인 그 길을 바퀴가 먼저 내려온다.

"아이고, 이거 막 내려가네."

위험하실 수 있어 다가가 휠체어를 잡아드렸다.

그리곤 휠체어의 등받이를 꽉 잡고 횡단보도의 신호가 바뀌기를 기다렸다.

파란불이 켜질 때까지 안전하게 지켜드리고 싶어서.

할머니는 도움을 받는 것이 민망하신지 "괜찮아요. 내가 할 수 있어."라며 사양하시는데,

나도 모르게 "저희 아빠도 휠체어 타셔서요."라는 말이 튀어나왔다.

아빠는 이제 안 계시는데.

파란불이 켜지자

살그머니 손을 놓아드렸다.

길을 편안히 다 건너실 때까지 더 휠체어를 밀어드리고 싶었지만

이럴 줄 알았으면

아빠 살아계실 때 휠체어라도 원 없이 더 많이, 씽씽 밀어드렸을 걸.

나는 그때 왜 그렇게 바쁘다고 뛰어다니면서 자주 들르지도 못하고, 아빠 휠체어도 보행 보조기도 좀 더 붙잡아 드리지 못했나.

때늦은 회한만 불러일으킨 채 멀어져가는 할머니 할아버지를 망연히 서서 지켜본다.

'삶과 죽음의 길이 예 있으매 두려워

나는 간다 말도 못 다 이르고 갔는가

어느 가을 이른 바람에

여기저기 떨어지는 잎처럼

한 가지에 나고서도

가는 곳을 모르겠구나

아아, 미타찰에서 만나볼 나는

도 닦아 기다리련다'

한낮의 직각의 그림자를 드리운 언덕 밑 도로에 서서

월명사의 〈제망매가〉만 허허로이 입가에 읊조린다.

신라시대 때 월명이 죽은 누이를 위해 49재를 올리면서 이 노래를 부르자, 지전(紙錢 저승 가는 이를 위한 노잣돈)이 서쪽(서방정토, 극락방향)으로 날려갔다는 이야기.

중고등학교 6년간의 국어책에 가득했던 시와 시조들 중에 이상하게도 이 〈제망매가〉만 유난히 기억 속에 또렷이 남아있다.

그때는 인생사전에 '죽음'이라는 단어도 없던 시절이었는데.

나는 사랑하는 사람들이 영원히 살 줄 알았다.

아빠가 돌아가신 지 3년.

금년에는 아버지를 모셔놓은 추모공원엘 제대로 가지도 못했다.

장마철의 긴 비와 뙤약볕에 얼마나 외로우실까.

그저 바람 한 점 없이 더운 날,

건물과 사람들의 모양새, 들고다니는 핸드폰만 다를 뿐,

인간의 조건은 옛날과 달라진 게 없는데

21세기의 길에는 날리는 종잇장조차 없이 걸음들만 분주하다.

이 정 재

노란 은행잎
여름여행

〈문학秀〉 수필부문 등단, 신인문학상(제6호)
숙명여자대학교 약학과 졸업
국립보건원. 베링거 인겔하임. 약국경영
현) 강남병원 약제과
신사임당의 날 기념 예능대회 수필부문 수상

노란 은행잎

　도심의 차도를 따라서 밝고 진한 가을의 노란 은행잎을 본다. 저절로 보이지도 않은 산도 단풍들겠지 하면서, 건물 위 하늘 구름에 마음이 따라간다. 노란 은행잎, 저들도 그 밑을 지나는 사람들처럼 아침에는 가방을 챙겼을 것이다. 생존을 지키기 위해 가지를 치켜들고 햇볕을, 바람을, 물등에 일초도 흐트러짐 없이 손을 내밀었을 것이다.

　하여 가을에 열매는 이웃에 약으로, 먹이로, 잎은 노란 색깔로 날마다 새롭게 변하여 보는 사람으로 하여금 상념에 젖게 한다. 사람도 다르지 않고 한시도 쉼 없이 생존을 위해 땀을 흘린다. 그 과정이 매번 새로운 도전이고 본인에겐 보람으로, 이웃에겐 감사로 남는다. 이러한 생존의 모든 것이 어느 날 태어나고 스러지는 자연의 순리 앞에 고개를 숙인다.

　살면서 어떤 낱말 하나에 완전히 젖어 드는 때가 있다. 또 다른 낱말에 젖어 들고. 젊을 땐 삶이 무엇인지 얼마나 방황했던가. 한동안은 살아보니 별것도 아닌데 꿈에 매달렸구나. 신이 있다면 사기를 친 게 아닌가. 허거픈 인생을 대단치도 않은 꿈에 매달려 뭐 그렇게 땀을 흘리게 만드는가. 이런 생각을 하였다.

그러더니 감사로 가득하게 되었다. 날마다 다른 색으로 변하며, 초록의 근원을 보여주는 봄의 잎잔치를 보면서 이곳이 정말로 아름다운 곳이구나. 이렇게 아름다운 곳에 살고 있음을 그렇게도 모르다니. 젊을 땐 신선놀음에 도낏자루 썩는 줄 모른다는 말을 새겨, 자연의 아름다움에 잠깐 휴식을 취했을 뿐이다. 은행잎, 지나가는 젊은이, 신호등을 보면서도 모든 것에 감사가 저절로 나온다. 그것은 보이는 모든 것에 흘렸을 땀 때문이다. 대단치도 않은 꿈, 호기심에 매달림이 몇 광년 떨어진 별의 소식도 알게 되니까.

노랗게 단풍이 든 은행나무 하나만 보아도 노란색 하나만은 아니다, 봄의 연한 녹색, 여름의 진한 녹색이 어딘가 보인다. 햇볕에 웃고 있는 샛노란 색, 낙엽이 되는 갈색의 노란색도 보인다. 거기에 검은 나무 기둥이 이들을 받쳐주고 있다. 이 모두가 어우러져 가슴을 젖게 하는 노란색이 되는 것이다, 은행나무뿐만 아니고 산이나 공원의 나무들도 온갖 단풍색으로 자기가 가을이라고 자랑하고 있다. 땀의 결과가 아름다움으로 나타나는 것이다. 새들도 사람도 모두가 그들이 아름답다고 노래한다.

가을의 은행나무처럼 사람의 가을도 이렇게 아름다울까. 고궁이나 유적지에 가보면 그들의 땀을 볼 수가 있고 그 땀이 우리에 이어짐을 본다. 그렇게나 매달렸던 꿈이 더 좋은 오늘이 되는 것이다. 아름답다고 말할 수 있지 않을까.

노란 치마처럼 쌓인 낙엽을 보면서 저들은 아프지 않았을까. 하루라도 더 태양을 보고 싶은 희망을 붙들고 안간힘을 썼을 것이다. 아무리 그와 닮은 모습이 후세에 전해진다 해도, 흙이 되기 전에 온갖 희망을 붙들고 매달렸을 것 아닌가.

노란 은행잎, 고개를 숙이며 익어가는 황금빛 들녘도 타들어 가는 빛이다. 꿈과 희망의 마지막 모습을 보여주고 있다. 순간 노란 은행잎들이 바람에 우수수 날리며 떨어진다. 그 뒤엔 아직도 다 못 태운 청춘의 흔적을 간직한 빛바랜 초록 잎도 있다. 떨어진 잎들은 또 다른 희망으로 비에 젖어 뒹굴며 부스러지고 다시 흙으로 돌아가리라.

2021. 10. 하순

여름 여행

　손자 손녀들의 여름방학 첫날, 부산 앞바다 해운대로 여행을 가기로 하였단다. 같이 가기로 하였다. 벌써 바닷속을 본 것 같았다. 모래알갱이의 떠다님, 돌멩이와 조개껍질들. 무엇보다 물속에서 나왔을 때 머리의 시원함을 생각하니 가슴이 두근거렸다. 장마가 끝나가는 때, 여름의 무성한 숲속을 달린다는 생각으로 얼마나 기다렸던가.

　우리 모두 이른 새벽 출발했다. 마치 여름 안개 속을 헤치며 달리는 것 같았다. 어느새 커버린 손들은 안개가 이불인 줄 아는지 잠을 자고, 고등학생인 맏손녀는 조수석에서 내비를 보며 길 안내를 한다. 녹음이 무성한 산들도 잠꼬대하다가 기지개를 켜는 듯하며 모습을 드러냈다. 어떤 산은 운무 속에서 능선이 고래 등처럼 보였지만.

　템포가 빠른 음악이 나와 맏손녀가 뿜뿜하며 춤추던 노래냐고 물으니 아니란다. 손바닥을 책상에 두드리는 노래도 아니라고. 볼 빨간 사춘기의 '여행'이라는 노래라고. 신선했다. 운전을 하는 사위가 할아버지 할머니 시대에 맞는 노래를 틀라고 하였다. 그러자 '이 풍진 세상을 만났으니 너의 희망이 무엇이냐' 흔히 듣던 노래인데 곡조가 다르고 출렁출렁하게 느리고 힘찼다.

손자가 같이 가는 고모할머니가 왜 할머니냐고 물어 할아버지하고 형제고 너의 엄마가 고모라고 불러 고모할머니가 된다고 알려줬다. 다른 차에서는 큰딸과 작은딸이 교대로 운전하며 연락이 왔다. 작은 사위는 프로젝트가 끝나야 여행 갈 수 있다고 해서 못 왔는데 죄송하다고 전화가 왔다. 다음에 꼭 같이 가겠다고.

휴게소에서 아이들은 감자를 얇게 밀어 만든 나선모양의 튀김과자를, 운전하는 어른들은 커피를 마셨다. 문경새재를 지날 때, 남편이 옛날에 한양으로 과거시험 보러 갈 때는 걸어서 넘어갔다고 말하였다. 터널을 지나기도 하는데 빛이 들어오는 터널 밖을 자꾸 쳐다봐졌다.

고속도로변이나 산기슭에 나무인 빨간 백일홍꽃이 선명하였다. 초등학교 운동장 언덕이나 가장자리에 몇 그루 심어져 있었다. 배롱나무, 간지럼나무라고도 불렀는데 어린 우리들은 알록달록한 수피를 간질간질 만지면 나뭇잎들이 간질간질 흔들렸다. 아버지는 사후 가실 가묘를 만들고 묘 앞에 백일홍 나무를 세 그루 심으셨다. 이 나무는 꽃은 선명하게 등불을 밝힌 것처럼 피고 이름처럼 꽃도 오랫동안 피어 있다. 지금 여름철이 제일 밝고 예쁘다. 무엇보다 그늘을 많이 만들지 않아 파란 잔디에 방해되지 않았다. 저승길을 밝힌다면, 이 꽃보다 더 좋은 꽃은 없을 것 같다.

바둑판처럼 선명한 녹색의 볏논이 검푸른 무성한 숲들과 대조를 이루었다. 어떤 산은 손녀가 발레 할 때처럼 다리를 길게 뻗은 것 같았다. 금오산을 볼 때마다 보는 각도에 따라 다르겠지만, 새가 나르는 모양 같고, 옛날 선인들이 명명을 잘 하셨다는 생각을 하곤 한다.

미국에서 달릴 때는 지구 중심을 달린다는 말이 맞는 것처럼 넓어서 마치 스케이트 타는 기분이고, 지평선 저편 하늘에는 다른 별에서 온 인공위성이 나르는 생각을 하였다. 우리나라는 적당한 거리에 강과 산이 펼쳐져 동양화를 보는 느낌이고 그렇게 정다울 수 없다. 저 여름의 무성한 숲은 얼마나 힘을 주는지.

지금은 우리나라 어디를 가도 깨끗하고 잘 정돈된 것처럼 부산시가지도 마찬가지였는데 가로수며 여름 녹음이 한결 돋보이게 하였다. 점심시간이 되어 해운대에 도착하였다. 모두가 바다의 고장에 왔으니 해물로 된 음식점에 가자 한다. 바다는 걸어서 가면 된다는 가까운 곳의 해물로 만든 짜장면이 담백했다.

해운대 바다에서 바라보는 건축물도 대단했다. 높기도 하지만 정교하고 세련된 건축미가 돋보였다. 처음엔 아이들 노는 것 구경하느라 모랫바닥에 앉아있었다. 파도가 자꾸 밀려와 남편과 나는 뒤로 뒤로 소리를 지르며 물러났다. 파도가 부서질 때는 천둥소리가 났다. 그 속에 놀람과 즐거움의 소리가 섞이고.

작은딸의 아들, 초등 일학년의 딸이 파도 쪽 멀리 있으면 나오라고 소리 소리쳤다. 사위 대신 딸을 보호하는 기분이 들어 웃음도 나오고 귀여웠다. 파도가 부서지는 저쪽은 수심도 낮고 수영하기도 더 좋다.

그런데 여지없이 호루라기로 경고한다. 그래서 파도로 푹 파이고, 깊은, 눈앞의 바다에서 파도타기하거나 물속에서 파도가 등 뒤에서 철렁하는 것을 느낄 수밖에. 나중에 알고 보니 파도가 너무나 쎄서 파도에 떠밀려 나가기 때문이라고. 다음날은 아예 튜브는 금지되었다. 파도가 너무나 센 날이라서. 나의 무지가 부끄럽고 감사했다.

숙소에서 자다가 거실로 나가 보았다. 희뿌연 바다에 낮에 보았던, 만손녀 같은 소녀가 바다를 향해서 대각선으로 팔을 벌리고 바다야! 하고 외치는 것 같은 조각상이 등대였다. 소녀 조각상 등대와 다른 높다란 등대가 깜박깜박하며 신호를 보내고 있었다. 배 한 척도 순시선인지 깜박이며 빠르게 지나갔다. 밤이지만 바다와 지평선은 침묵 속에서 깨어있었다. 여름 여행의 묘미가 이런 것일까!

거실에는 임시로 만든 튜브 침대와 쇼파나 바닥에 손자 손녀들이 깊은 잠을 자고 있었다. 방 하나만 방문이 있는 방과 여러 개의 방에는 침대나 바닥에 부부가 아니면 혼자 잠을 자고 있었다. 낮에 앞바다에서 파도타기 했던 꿈을 꾸는지도 모른다. 마치 무성한 여름의 숲이 우리 일행을 감싸고 있는 듯한 느낌이 들었다. 오래간만에 뜨거운 여름을 잠시 잊었던 여행이 아닌가. 나도 모르게 단잠에 빠졌다. 이렇듯 여름은 다시 머물고 싶은 계절이 되었다. 그렇게 달콤한 잠에 빠져들었던 여름밤이었으니.

2022. 7월 중순

임 선 규

엄마의 꽃밭
오래된 엽서 한 장

〈문학秀〉 수필부문 등단, 신인문학상(제3호)
계간〈시조〉시조 신인상(2022)
사임당백일장 수필부문 수상, 운곡 시조백일장 수상
문학秀작가회, (사)한국시조협회 회원

엄마의 꽃밭

대문 옆에 엄마의 조그만 꽃밭이 있었다. 수돗가에 가까워서 물주기도 편했던 곳. 그곳엔 다알리아, 백일홍, 채송화 등이 옹기종기 피어 있었다. 담벼락에 붙은 키 큰 칸나의 꽃잎은 선혈처럼 붉고, 바라만 봐도 더위를 식혀줬던 넓고 푸른 잎은 이런저런 꽃들의 조화를 어우렀다.

다알리아도 꽃이 우아하고 화려해서 눈길을 끌기에는 우리 집 화단의 으뜸이었다. 콩알만 한 채송화는 알록달록 색동옷 입고 해맑게 웃으며 재롱을 떨었다. 엄마는 유독 백일홍에 정성을 다하셨다. 서리가 내렸는데도 지지 않고 피어서 화단을 지켰기에.

수돗가에서 저녁 쌀을 씻은 엄마가 쌀뜨물을 무심하게 화단에 휙 뿌리시곤 했다. 저녁나절이면 어김없이 피어나는 분꽃은 까만 밤에도 자기들끼리 즐겁다. 입을 있는 대로 한껏 벌리고는 무슨 일이 재미있어 까르륵까르륵 웃어대는지. 분꽃 속에 박힌 까만 씨는 쥐의 눈을 닮았다. 씨의 껍질을 벗기면 그 속에서 하얀 분이 나왔다. 엄마는 햇볕에 그을린 검은 내 얼굴에 그 분을 발라주며 예쁘다고 빙긋 웃으셨다.

이 꽃들이 지금은 한갓진 들길에서나 볼 수 있다. 잊혀지는 꽃들이다. 이런 꽃들을 만나면 나도 모르게 가던 길을 멈추고 한참을 본다. 내가 즐겨 다니는 산책길에는 맨드라미가 무더기로 피어 있는 곳이 있다. 닭의 벼슬을 모아 놓은 듯 붉고 기이한 모습이다. 이글거리는 태양에 맞서며 피어오르는 그 꽃의 강인함을 나는 좋아한다. 맨드라미는 어느 집 울타리 안에서 자라기도 하고 지저분한 수채 옆 시멘트 바닥을 뚫고 나와 자라기도 한다.

내가 어렸던 시절, 언니가 보는 책을 들춰보면 책갈피 속에 바싹 마른 꽃잎이 끼워져 있었다. 잠자리 날개처럼 얇고 가냘픈 코스모스 꽃잎이. 또는 노란 은행이 얌전하게 들어앉아 있었다. 그뿐만이 아니다. 방문 손잡이 근처에는 창호지 사이에 국화꽃 송이나 아기 손 같은 빨간 단풍잎이 말갛게 비쳐 보였다. 창호지 사이에 꽃잎을 끼워 넣은 것이다. 저녁나절 문살 사이로 비치는 창호지 속의 꽃은 어린 내 눈에도 노을만큼이나 아름다웠다.

'꽃' 하고 가만히 부르면 김춘수의 '꽃'이라는 시가 생각난다. 그의 이름을 부르기 전엔 그는 다만 하나의 몸짓에 지나지 않았다는 그 시가. 요즘은 나태주의 '풀꽃'을 읊어본다. 자세히 보아야 예쁘고 오래 보아야 사랑스럽다는 풀꽃이란 시를. 이런 시들은 읽으면 마음이 선해지고 차분해진다. 누가 시는 마음의 해독제라고 했는데 맞는 말이다.

아파트의 마당에 무더기로 불타는 붉은 영산홍이 요염하고 밤에 보는 흰 영산홍은 소복을 한 여인처럼 처연하다. 라일락 향기는 코끝을 들썩이게 한다. 가을날 가까운 공원에 가면 분홍억새라고 불리는 핑크뮬리꽃이 군락을 이룬다. 풍성한 꽃이 바람에 흩날리면 숱 많은 여인의 머릿결이 출렁이는 듯했다. 사람들은 이곳에서 사진을 찍으려고 일부러 찾아온다. 요즘 말하는 인생샷을 담기 위해서.

그러나 엄마가 가꾸셨던 꽃들은 좀처럼 눈에 띄지 않는다. 들길을 걷다 보면 바닥에 붙어 자기들끼리 수런대며 즐거워하는 키 작은 제비꽃을 본다. 봄이 왔음을 알리는 전령사. 나는 쪼그리고 앉아 자세히 들여다보며 카메라를 갖다 댄다. 오빠는 보라색 제비꽃이 좋다고 하셨다.

사람들도 들꽃처럼 수수한 사람, 백합이나 튤립처럼 고고하고 매혹적인 사람이 있다. 나는 홀로 아름다운 꽃도 좋지만, 무리 지어 핀 꽃을 더 좋아한다. 코스모스, 유채꽃, 메밀꽃이 그렇다. 그 꽃들을 보면 무슨 결속감이 느껴진다. 사람들도 혼자보다는 여럿이 어울리는 것에 보이지 않는 힘이 느껴지듯이.

꽃꽂이하면 크고 화려한 주된 꽃은 중앙에 꽂고 가장자리나 빈 공간은 작은 꽃이나 이파리로 마무리한다. 화병에 꽃을 심어도 그렇다. 일례로 장미꽃만 화병에 담은 것보다 안개꽃이 주위를 감싸며 받쳐 줘야 장미는 더욱 빛을 발한다. 사람도 누군가를 빛나게 하는 안개꽃 같은 사람이 있다. 자신으로 인해 상대를 빛나게 하는.

오래전, 케이블카를 타고 중국 장가계의 천문산을 오르고 있었다. 그때 절벽의 바위틈에서 고개를 삐죽이 내면 야생화를 발견했다. 그 꽃은 홀로 줄기를 세우고 가지를 뻗고 잎을 틔웠으리라. 햇빛도 친구도 없는 까만 밤은 얼마나 무서웠을까. 천둥 번개와 돌풍을 일으키며 휘몰던 비바람은 또 어떻게 견뎌냈을까.

그리고는 드디어 고운 빛깔의 꽃을 피워냈다. 한 알의 풀씨에서도 이렇듯 경이로운 생명이 숨 쉬고 있었다니… 울고 싶었다. 비록 케이블카 안에서 순간 스치며 바라본 풀꽃이었지만 그 모습의 대견함과 안쓰러움에 내 안에서는 '쿵'하는 울림이 일었다.

꽃으로 말한다면 나는 들꽃 같은 미미한 존재다. 허나 의외로 강인한 면도 있으며, 어느 시인이 말한 것처럼 자세히 보면 나도 예쁘다. 올봄에는 재래시장에 가서 엄마가 키우셨던 꽃들을 찾아봐야겠다. 베란다에 올망졸망 심어진 그 꽃들에게 물도 주고 거름도 주고 가끔씩 흙도 북돋아 줘야지. 예전의 엄마처럼.

(2022. 2)

오래된 엽서 한 장

　신혼여행 간 큰오빠가 나에게 그림엽서를 보내왔다. "선규야, 시험 잘 쳤니? 어머님 안녕하시고? 큰일 치르신 어머님은 몸만이 아니라 마음이 더 고단하시단다. 심부름을 잘하고 조금이라도 도와드려라. 네 언니가 조그만 선물도 마련했다. 그렇다고 너무 큰 기대를 하면 곤란하다. 안녕." 서랍 깊숙한 곳에서 발견한 엽서 한 장. 거기엔 1967.10 이라는 우체국 소인이 찍혀있었다. 내가 중학교 2학년 때다.

　나보다 열네 살 많은 오빠는 아버지 돌아가신 후 줄곧 나의 보호자였다. 내가 학업을 끝까지 마치도록 돌봐주셨고 결혼을 한 후에도 계속 든든한 울타리로 날 지켜주신 분이다. 성실한 남편 만나 남들처럼 자식 키우며 별 어려움 없이 생활하는데도 늘 안타까워하시며 도움을 주고자 하셨다.

　늦둥이로 태어난 나는 버릇없는 철부지로 자랐지만, 오빠는 다 받아주고 내 편이 되어줘서 그런대로 밝게 큰 거 같기도 하다. 그런 오빠가 일주일에 두 번씩 투석하고 팔십을 넘기지 못한 채 일흔 중반에 돌아가셨다. 많은 친구, 문인, 또 정치인 등 다양한 분야의 사람들과

친분이 있으면서도 가끔은 외로워 보이셨다.

　세상의 잡다한 일들을 이것저것 물어보면 귀찮다 않으시며 긴 설명을 해주고 또 그런 시간들을 즐기셨다. 내가 正道를 벗어날까 늘 지켜보고 때론 따끔하게 야단도 치며 곧게 자라도록 가지치기도 하셨다. 그런데 나는 그분의 은혜에 보답도 못 했고 자랑스러운 동생도 되지 못했다. 하지만 부끄러운 동생은 되지 않으리라 노력하며, 오빠에게 받은 사랑을 나도 누군가에게 베풀어야 한다고 생각한다.

　첨성대를 배경으로 코스모스가 하늘거리는 그림엽서엔, 만년필로 써 내려간 푸른색 글씨가 아직도 선명하다.

(2019. 11)

조 경 희

복날을 위한 희생
엄마 손잡고 산으로 가자!

〈문학秀〉 수필부문 등단, 신인문학상(제6호)
고려대학교 석사 졸, 조선대학교 박사 졸
현) 진주보건대학교 교수 재직 중

복날을 위한 희생

연일 무더위가 기승을 부리고 있다. 특히 올해는 이른 시기부터 더위가 찾아와 기운이 쭉쭉 빠져나가는 것만 같다. 여름 하면 또 빠질 수 없는 것이 복날이다. 1년 중 가장 더운 기간을 삼복더위라고 하고, 이 기간 동안을 잘 보내고 나면 여름 또한 잘 보내 줄 수가 있다.

오늘은 삼복 중에서 두 번째에 드는 중복이다. 얼마 전 초복을 별생각 없이 그냥 보낸 터라 중복에는 제대로 몸보신을 해보자는 생각을 하고 있었다. 복날이면 주로 삼계탕이나 간단하게는 치킨과 같은 음식을 즐겨 먹어왔었는데, 주변 지인 중 몇몇은 몸보신을 위해 보신탕을 즐겨 먹는 사람들도 있다.

보신탕은 한국의 전통 요리로 개장국, 단고기국이라고 불리기도 한다. 우리 집안에서는 보신탕을 먹는 사람이 없었기 때문에 나 역시도 한 번도 먹어 보고 싶다는 생각을 해본 적이 없었다. 처음 보신탕이라는 것을 마주하게 된 계기는 어린 시절에 살던 동네의 보신탕집을 보면서이다. 이곳은 여름철이 되면 항상 사람들이 문전성시를 이루었다. 그곳을 지나갈 때면 특유의 냄새가 코끝을 찔렀는데, 궁금한 마음에 함께 지나던 어머니께 이곳은 무얼 파는 곳이냐고 물어봤다. 멍멍이탕을 파는 곳이란 말을 듣고 약간의 충격을 받았던 기억이 난다. 그 이후로는 그곳을 지날 때면 왠지 모를 거부감에 숨을 꾹 참고 빠른 걸음으로 걸어갔던 어린 날의 기억이 떠오른다.

세월이 흐린 지금은 반려견을 키우는 가구가 많아지면서 개는 동물이라는 인식보다는 당당한 가족 구성원으로 포함되고 함께 살아가고 있다. 그러다 보니 반려견에 대한 인식들은 크게 변화하고 있고, 보신탕에 대한 인식은 더욱더 부정적인 방향으로 향하고 있다.

특히나 여름이 다가오면 동물보호단체의 개고기 판매나 섭취 금지에 대한 시위는 더욱 강력해진다. 일전에 한 뉴스 기사에서 보았던 충격적인 기사가 있었다. 시골에서 기르던 애완견을 개인적인 사정으로 키울 수 없게 되자 다른 곳으로 분양을 보내면서 시작된 사건이었다. 분양을 보낸 후, 분양 보낸 반려견이 보고 싶었던 전 주인이 분양된 집으로 직접 방문하게 되었으나 그곳엔 반려견이 없었다고 한다. 이후 알게 된 충격적인 사실은 분양받은 노인이 몸보신을 위해 개소주를 만들었다고 하는 기사였다. 들은 당시 상당한 충격이었지만, 그 옛날 시골에서는 개를 집을 지키는 가축 정도로 생각하여 사육을 하고, 성견으로 성장시킨 후에는 소와 돼지처럼 식용으로 잡아먹은 경우가 많았다고 한다. 그 시절 육류 섭취가 어려웠던 시절의 이야기이긴 하지만, 시골에서는 아직도 이런 인식이 조금은 남아있는 것 같다.

내가 살고 있는 작은 시골 동네에서는 아직도 개장수 아저씨가 트럭을 타고 마을을 돌아다니고 있다. 이집 저집 돌아보며 토실토실하게 자란 멍멍이들을 싼값에 데려간다. 정확히는 잘 모르겠지만, 아마도 식당이나 건강원으로 가게 되는 안타까운 최후를 맞이하는 것 같다. 그 개장수 아저씨는 우리 집 앞을 지나갈 때도 집 마당에 있는 백구를 보며 본인에게 팔라는 말을 종종 하곤 했었다. 우리 집 백구는 그것도 모르고 개장수 아저씨를 보면 해맑게 좋다고 꼬리를 세차게 흔들어 대는 모습을 보니 왠지 모를 미안함과 짠한 생각이 들었다. 그래서 괜스레 더 개장수 아저씨에게 "그런 말 마세요!"라며 앙칼진 어투로 역정을 내곤 했었다.

보신탕은 조선 시대부터 전해져 내려오는 복날 전통 음식이며 한국 역사의 한 부분으로 인제 와서 이것이 나쁘다거나 잘못되었다고 말할 수는 없다. 하지만 분명한 것은 옛날과는 다르게 이제는 건강을 위한 다채로운 먹을거리들을 쉽게 접할 수가 있다. 보신탕보다 더욱 더 영양가가 넘치고 맛있는 음식들이 풍부하기 때문에 이제는 충분히 대체 음식을 통한 몸보신이 가능하다. 시대적인 변화에 맞추어가기 위해서는 더 이상은 예전의 가축으로 생각하며 키우던 멍멍이가 아닌, 하나의 가족으로 자리매김한 반려견으로 인정을 해주어야 하지 않을까? 복날의 어느 날, 시원한 가을날을 기다리며 문득 생각해 본다.

엄마 손잡고 산으로 가자!

　나는 특별한 일정이 없는 주말이 되면 산으로 떠난다. 이산 저산을 정복하는 전문적인 등산보다는 주로 인근에 있는 익숙한 산을 선택한다. 어느 날은 별다른 생각 없이 길을 나서기도 하고, 또 어떤 날은 복잡한 마음을 다스리기 위한 방법으로 길을 나선다.

　산과 나의 인연은 어린 시절부터 아빠를 따라나서던 때부터 시작한다. 그때는 아무것도 모르고 막연하게 어딘가를 간다는 생각에 들뜬 마음으로 길을 나섰다. 주로 동네 뒷산을 자주 올랐었는데 어린 꼬마 아이가 오르기에는 조금 버거운 거리였다. 처음에 의욕과는 달리 정상을 향할수록 점점 떼를 쓰고 징징거렸던 기억이 난다. 그럴 때면 아빠는 항상 "이제 거의 다 왔다.", "이제 진짜 다 왔으니 조금만 더 힘내자"라는 말을 반복하시며 어르고 달래셨다. 어린 철부지 꼬마는 다음부턴 절대 오지 않겠다며 툴툴거리며 꾸역꾸역 산을 오른다. 그렇게 힘겹게 올라가다 보면 어느 순간 산 정상에 도달한다. 산 정상에 오르게 되면 산은 키 작은 꼬마에게도 자신이 가지고 있는 속을 훤히 다 내어 보여준다. 마치 "나는 이런 사람이야"라고 하는 것처럼 멋지고 웅장한 산의 본 모습을 볼 수가 있었다.

 그 후 성인이 된 후로 한동안 바쁘다는 이유로 산을 거의 찾지 못하였다. 그러던 어느 날, 세상만사 내 맘 같지 않고, 마치 세상이 나를 등지고 반대 방향으로 흘러가는 것만 같이 힘겹게 느껴지는 날이 있었다. 마음속이 복잡한 상태에서 무작정 집 뒤에 있는 산을 오르게 되었다. 가파른 오르막길을 한 걸음… 두 걸음… 걷고 또 걸었다. 구불구불한 산길을 오르다 보니 자연이 주는 편안한 기운과 살랑살랑 불어오는 바람이 내 코끝과 뺨을 스치고 지나갔다. 산새의 지저귐과 나뭇잎의 부딪히는 소리들은 나의 귀를 정화시켜주었다. 그리고 내 머릿속을 가득 채우고 있는 걱정과 고민은 가쁜 숨소리와 함께 하나둘씩 순차적으로 지워지는 듯하였다. 울퉁불퉁 모가 나 있던 마음이 한 겹, 두 겹 벗겨지면서 점점 둥글둥글해지는 것 같은 느낌이 들었다. 산에 오른 지 얼마 되지 않아 나의 내면이 가지런하게 정돈되는 것과 같은 느낌을 받을 수 있었다. 나는 단지 산이 그곳에 있어서 올랐을 뿐인데 산은 나에게 매번 값진 선물을 주는듯했다.

 시간이 흐르고 계절이 바뀌면 변모하는 산처럼, 어린 여자 꼬마아이는 하루하루 성장하고 성숙하며 성인이 되었고, 사랑하는 사람을 만나 결혼을 하고, 그 사람을 닮은 아이를 낳았다. 이제는 엄마가 되어 그 옛날 내가 아빠 손을 잡고 따라나섰던 것처럼 이제 내 아이의 손을 잡고 함께 산을 오르고 있다. 그때의 아버지가 그랬듯이 때로는 웃고 떠들며, 때로는 어르고 달래며, 귀여운 투정을 들어주면서 말이 다. 산은 때때로 나의 삶에 있어서 친구가 되어 주기도 하고, 부모처 럼 나를 품어 주기도 하며, 이러한 과정을 통해 나는 단단하게 성장시 켰다.

이제 다섯 살이 된 어린 아들도 언젠가 살다 보면 인생의 시련들도 맞이하게 되겠지? 그런 날이 온다면 엄마가 그랬듯이 어린 시절의 기 억을 떠올리며 지혜롭게 헤쳐나갈 수 있기를 바래본다. 산을 처음에 오를 때는 힘들겠지만 시간이 흐르고 몸이 적응하게 되면 호흡도 점 차 안정된단다. 이렇게 힘든 순간이 지나게 되면 산이 가지고 있는 진정한 매력을 알고 느끼게 되지. 앞으로의 우리 삶에서 어떠한 어려 움이 생기더라도 포기하지 말고 묵묵히 걸어 나가보자. 남들보다 조 금 늦더라도 괜찮아. 정상을 향한 방향으로 가고 있다면 언젠가 꼭대 기에 다다르게 될 테니까.

그럼 우리 같이 손잡고 산으로 떠나볼까?

차 임 선

의심의 함정
작은 행복의 순간

〈문학秀〉 수필부문 등단, 신인문학상(제13호)
이화여대 명예교수

의심의 함정

인도 히말라야 기슭에 자리 잡은 힌두교 성지 리시케시. 도시 한가운데에는 갠지스강이 흐른다. 나는 강 동쪽에 있는 호텔에 한 달간 머물렀다. 그곳에서 강 서쪽으로 연결하는 다리는 2개 있었다. 남쪽 람줄라 다리와 북쪽 락슈만줄라 다리였다.

해 질 녘에는 호텔 근처 '파르마트 가트'에서 촛불 축제가 열렸다. 사람들은 흰색, 노란색, 주홍색 꽃이 담긴 손바닥만 한 접시 위에 촛불을 켜고 소망을 담아 강물에 띄워 보냈다. 촛불 접시는 저녁 어스름에 잿빛으로 변한 강물 위에서 온갖 색으로 반짝거렸다. 하늘의 별자리가 잠시 강물 위에 나들이 온 것 같았다.

강 건너 '트리베니 가트'에서 열리는 촛불 축제가 더욱 환상적이라는 소문을 들었다. 오후 늦게 호텔을 나와 람줄라 다리를 건넜다. 완만한 비탈길을 오르자 차도가 나타났다. 남쪽으로 가는 인도의 미니버스, '툭툭'에 올라탔다. 차는 요란한 엔진 소리를 내며 쏜살같이 달렸다. 버스가 달리는 길에는 먼지가 뭉게구름처럼 피어올랐다. 정거장이 따로 없었다. 승객은 아무데서나 차를 세우고 그곳에서 내렸다.

목적지를 지나칠까 불안해서 도로변 간판을 유심히 살폈다. 10분쯤 달렸을까. '트리베니 가트'라고 쓰인 커다란 현수막이 골목길 입구에 걸려 있었다. 나는 차를 세우고 그곳에서 내렸다.

두 시간 남짓 기다렸으나 축제를 시작할 기미가 보이지 않았다.

'오늘은 축제를 하지 않은 날인가?'

어두워지기 전에 호텔로 돌아가려고 차도로 나왔다. 마침 지나가는 툭툭이 있어 손을 들었다.

"람줄라 다리로 가요?"

운전사는 고개를 흔들었다. 몇 대 더 지나갔으나 그 방향으로 가는 툭툭은 없는 것 같았다. 주위는 점점 어두워지고 조바심이 났다. 저 앞 도로변에 인도 사람이 보였다. 후리후리한 키에 머리를 깔끔히 빗어 넘기고 회색 와이셔츠에 갈색 양복바지를 입었다. 서류 가방을 손에 든 그는 화이트칼라 같은 분위기를 풍겼다. 신뢰감이 가서 다가가 물었다.

"람줄라 브리지로 가려고 하는데요."

그는 대답 대신 지나가는 툭툭을 세웠다. 나보고 타라고 손짓하더니 자기도 같이 탔다. 그리고 맞은편 좌석에 앉아 말을 걸었다.

"어느 나라에서 왔어요? 이름이 뭐예요?"

툭툭은 문이 없어 외부의 소음이 그대로 차 안으로 빨려들어 왔다. 승객도 많은데다 지나친 관심을 보이는 것 같아 못 들은 척했다. 그에 대한 의구심이 안개처럼 피어올랐다. 인도에 올 때 친구가 해준

충고가 떠올랐다.

"인도에는 사기꾼들이 많으니 조심해야 해."

속이 울렁거렸다. 여권과 돈이 들어있는 지갑을 단단히 움켜쥐었다. 그가 내게 말을 걸었다.

"람줄라 브리지에 도착하면 알려줄게요."

그가 인적이 없는 어두운 골목길에서 내 지갑을 강제로 빼앗는 장면이 그려졌다. 나는 공포에 사로잡혀 그의 말이 들리지 않았다. 계속 그를 투명 인간처럼 대했다. 어느 순간, 그가 차 반대편으로 슬그머니 내리는 모습이 보였다. 내가 경계를 늦추지 않으니 포기한 게 아니었을까.

나는 시간상으로 너무 오래 차를 타고 있었다. 제대로 가고 있는지 운전사에게 확인하고 싶었으나 무뚝뚝한 그의 모습에 망설였다. 다시 속이 울렁거리고 어지러워 머리를 가누기 힘들어졌다. 그때 그가 외치는 소리가 들렸다.

"락슈만줄라 브리지!"

'브리지'라는 말에 귀가 번쩍 뜨였다. 나는 주먹에 움켜쥐고 있던 10루피를 건네주고 재빨리 내렸다. 하지만 다리가 보이지 않고 주변 풍경이 생소했다. 이미 땅거미가 짙어져 두리번거리고 있는데 뒤쪽에서 누가 말을 걸어왔다.

"길을 잃었나요? 도와줄게요."

반가움이 앞섰다. 갈색 피부에 조그마한 체구의 청년이었다. 곱슬

머리에 큰 눈이 인상적이었다. 그는 나와 같은 정거장에서 내렸던 것 같았다. 그를 따라 길을 건너고 좁고 구불구불한 계단을 내려갔다. 계단 옆에는 문 닫은 어두컴컴한 상점들이 줄지어 서 있었다. 그가 내게 물었다.

"어느 나라에서 왔어요? 이름이 뭐예요?"

툭툭 속에서 들었던 같은 질문이었다.

'이 청년도 사기꾼인가?'

불안감이 온몸을 휘감으며 다리가 휘청거렸다. 무릎을 양손으로 가누며 태연스럽게 보이도록 노력했다. 나는 마지못해 가녀린 목소리로 대답했다. 그는 내 마음을 눈치챈 듯 더 이상 묻지 않았다.

마지막 계단에서 발을 내딛고 고개를 드는 순간, 멀리 서스펜션 다리의 불빛이 반짝거렸다. 구원의 등불이었다. 안도감에 가슴이 떨려왔다. 오랫동안 미국에서 살다가 귀국해 공항에서 어머니를 먼발치로 보았을 때 이런 느낌이었을까.

호텔로 돌아와 따뜻한 물로 샤워를 하며 그날 일을 돌이켜봤다. 촛불 축제를 구경 갔다가 만난 사람들에 대한 의심으로 스스로를 악몽 속에 가두어 버린 긴 하루였다. 그 둘은 아마 외국인에게 친절을 베풀고 싶었던 건실한 인도의 청년들이었을 것이다. 나는 선입견이 만들어 놓은 의심의 함정에 빠져 온갖 상상의 나래를 폈다. 얼굴이 화끈거렸다.

작은 행복의 순간

오랜만에 거실에서 명상에 빠져 있었다. 순간 정적을 깨뜨리는 집
전화벨 소리가 요란하게 울렸다. 친구 S였다.

"너, 핸드폰 분실했지?"

내 핸드폰으로 전화했더니 어떤 남성이 전화를 받았다고 했다. 그
가 주차장 바닥에서 핸드폰을 주웠다는 것이었다. 다행히 그는 내가
다니는 골프연습장의 코치여서 곧 돌려받을 수 있었다.

'만약 이상한 사람이 핸드폰을 발견했다면?'

상상만 해도 소름이 돋았다. 핸드폰은 일정, 사진, 연락처 등 개인
정보를 담은 비서이다. 신용카드, 온라인 뱅킹과 같은 금융정보도 담
고 있다. 분실하게 되면 내 신상이 순식간에 털리게 되는 것이다.

그리고 얼마 후였다. 광화문에서 저녁 식사를 마치고 친구 둘과 걷
고 있었다. K가 시간을 물어왔다. 주머니에서 핸드폰을 꺼내려 했으
나 만져지지 않았다.

'아까 그 식당에 흘리고 온 걸까?'

P가 식당으로 전화를 했으나 영업시간이 지났는지 전화를 받지 않

았다. 다음 날 오전, 식당으로 전화해보았으나 식당 정리 중에 발견된 핸드폰은 없다고 했다. 눈앞이 캄캄했다.

'당장 오늘 약속한 사람과 장소도 기억하고 있지 않은데 어떻게 하지?'

'핸드폰을 당장 하나 사더라도 연락처는 어디서 구하나?'

나는 가족이나 친구, 단 한 사람의 전화번호도 기억하고 있지 않았다. 핸드폰이 나오기 전에는 적어도 가까운 몇 사람의 전화번호는 기억하고 있었다. 문명의 발달이 인간의 두뇌를 퇴보시키고 있음을 새삼 깨달았다. 그때, 전화했던 식당의 여종업원에게서 전화가 걸려왔다. 목소리가 날아갈 듯했다.

"혹시 뒤에 교통카드가 꽂혀있는 핸드폰인가요?"

내 핸드폰이었다. 안도의 한숨이 새어 나왔다.

다행히 사람들 도움으로 두 번이나 큰 불편을 면할 수 있었다. 어느새 핸드폰은 우리 삶의 일부가 되었다. 요즘 일을 하다가도 핸드폰을 자주 확인해 보는 습관이 생겼다. 주머니에 손을 넣어 얇은 육면체가 손에 안 잡히면 머리카락이 쭈뼛 선다.

지하철 옆 좌석에 앉은 여인이 통화하는 것을 들은 적이 있다.

"우리 아파트에 들어가서 가스 불 좀 꺼주세요."

옆집 주민에게 아파트 비밀번호를 알려주며 부탁하는 목소리였다. 남의 일 같지 않았다. 나도 미술 작업실에 나왔다가 서둘러 집에 돌아간 적이 있다. 인덕션 렌지를 켜 놓은 게 갑자기 생각났기 때문이었다. 다행히 물을 많이 넣은 김치찌개를 약한 불에 올려놓았기에 세 시간이 지나도 냄비 바닥이 지글거리고 있었을 뿐이었다.

세월 따라 건망증이 서서히 나타나고 있다. 그뿐만 아니다. 지난 주, 오랫동안 참아왔던 허리통증을 의사와 상담했다. 아주 위중한 상 태는 아니니 허리를 아껴 잘 사용해야 한다고 했다. 오늘 재활치료를 받고 돌아오는 길에 빵집에 들러 갓구운 시나몬 에그 타르트를 샀다. 여느 때 같으면 그곳 정원에서 커피를 마셨겠지만 비가 흩뿌리기 시 작해 집으로 돌아왔다.

아파트 창가에 앉아 대지를 촉촉이 적시는 비를 바라본다. 원두커 피를 한 모금 입속에 머금고 타르트를 깨물어 터뜨린다. 달콤한 맛이 혀를 통해 온몸으로 퍼져나간다.

'아, 아직 살아 있구나!'

행복은 바로 지금, 이 순간의 삶에 있다고 한 가르침이 떠오른다. 작은 행복의 순간이 오늘도 나를 이렇게 찾아온다.

최 상 훈

새로운 길 앞에 서서, 나는
MBTI 성격유형에 관한 고찰

〈문학秀〉 수필부문 등단, 신인문학상(제10호)
서울대학교 치의학대학원 치의과학과 생체재료과학 석사

새로운 길 앞에 서서, 나는

　글을 쓰기 시작한 현재 시각은 2022년 8월 8일 오전 1시 2분, 심야로 접어들고 있는 시간이다. 이제 3주 후면 석사과정도 졸업을 맞이하게 된다. 길다면 길고 짧다면 짧다고 할 수 있는 2년간이었다. 이를 계기로 나의 과거를 돌아보게 된다. 대학원 입학 전 대학졸업 후 2년 반이라는 세월을 좋게 말하면 진로 탐색이요, 나쁘게 말하면 백수 생활을 하며 보냈다. 사실 그 이전부터, 정확히 말하면 대학입학부터인가? 치의학전문대학원에 입학한다는 것만 생각하며 살아왔다. 그래 일단 여기서부터 이야기를 시작하기로 하자.

　대학생활 초반에는 정말 열심히 살았다. 동기들과 어울릴 시간에 지식 하나라도 더 쌓자는 생각으로 공부했다. 힘들던 과목은 개인교습까지 해가면서 말이다. 사실 이렇게까지 열심히 한 적은 많지 않다. 대학 입학 전에도 고3 때와 비교할 정도로 열심히 했던 거 같다. 좋아하던 애니메이션이나 게임 같은 취미생활도 가능한 멀리 했다. 하지만 본래 공부에만 몰두하는 성격이 아니기에, 한계가 찾아오

는 것은 그리 오래 걸리지 않았다. 1년 반 정도 지났을까? 전공 내용
이 어려워지니 그 이전까지 공부하던 간단히 요점만 외워서 공부하
는 방식이 먹히지 않았다. 물론 화학이라는 자연과학 학문과 맞지 않
는 공부 방법이지 않나 지금 와선 생각이 든다. 2학년 때 과를 정하는
학교 특성상 화학과 학생이 가장 우수하기 때문에 일어난 일이라는
것도 자명하지만, 가장 큰 문제는 자신감을 잃은 것이라 본다. 지금
까지 해왔던 공부 방법이 통하지 않으니 갈 길을 잃어버렸다고 볼 수
도 있을 것이다. 학과 생활을 하지 않았으니 그 길을 제시해 줄 누군
가도 없었다. 당시 자신의 상황을 돌아보면, 그저 "절망"이라고 밖에
볼 수 없을 것이다. 그리고 잃어버린 사람과의 연결점을 온라인에서
찾으려고 했던 것 같다.

나는 2013년에야 페이스북을 가입하였다. 당시 군대간 친구들과
소통 방법은 공중전화 아니면 페이스북 밖에 없었기 때문에, 남들보
다 꽤나 늦게 시작하게 된 것이다. (전술하였듯이, 인간관계를 멀리 하였기
에 사회에 있을 때 SNS로 소통할 필요가 없었다.) 늦게 배운 도둑질이 밤새는
줄 모른다고 했던가? 2학년을 마치고 휴학까지 하며 영어 준비를 시
작했을 때, 인간관계의 부재를 메우고자 SNS 활동을 본격적으로 시
작하였다. 이후 수년간 대화 그룹에도 들어가 활동하고, 다시 애니메
이션과 게임도 즐기면서 열렬히 돈과 시간을 할애했던 것 같다. 사실
이를 돌이켜보면 너무나도 높은 목표 앞에 무너져 내리며, 현실을 도

피하고 싶었던 것이 아닌가 생각한다. 놀고 있을 때의 자신은 행복했는데, 현실에 도전하려고 하면 그 앞은 아득한 좌절밖에 없었으니 말이다… 학교를 그만두고 싶다는 생각도 수도 없이 했던 것 같다. 내가 그만둔다고 해도 아무도 모를 학교…

그러다 다시 무언가 시작하려는 동력을 얻은 것이 어떤 영어 선생님과의 만남이다. 그는 어린시절 캐나다로 이민을 갔던 캐나다 교포 TEPS[1] 선생님이었다. 그 이전 영어학원 들에서는 대부분 즉각적인 점수 상승으로 바로 연결되지 않는 수업들이었다. 하지만 이 선생님을, 비록 개인교습이라는 차이점은 있었지만, TEPS 시험에 대해 뭔가 통달하고 있다는 느낌을 주었다. 또한, 시험 자체만이 아니라 이에 배경이 되는 지식들에 대해 폭넓게 강의를 들을 수 있었다. … 솔직히 신세계였다. 세상의 법, 경제, 농업, 물류 등이 이렇게 이루어져 있다니…! 그리고 약점이 되는 부분을 지속적으로 연습하여 드디어 한 차례 벽을 넘을 수 있었다.

이 이후로는 전공에 대해서도 다시 돌아보게 되었다. 내가 너무 어렵게만 생각하고 아예 손을 놓았었던 것일까? 다시 보니 이 모두 이

---

1) TEPS (Test of English Proficiency developed by Seoul National University): 서울대학교 언어교육원에서 개발한 영어능력평가시험

세계異世界의 것이라고 부를 정도는 아니었다. 마지막 학기가 다 되어 깨닫는 것이 아쉬웠지만… 물론 대학의 마지막 해부터 이후 2년간 입시가 성공하진 못했다. 하지만, TEPS를 2번이나 중도포기 하고도 결국 마지막에 최저점수를 돌파한 것은 선생님의 지도가 빛을 발한 것이다. 또한, 원래는 입시 준비용으로 별생각 없이 쓰던 학사학위논문은 또 다른 돌파구를 제시했다. 화학과 치과를 연결 짓기 위해 치과 재료 관련 리뷰논문을 작성하며 어느새 흥미가 생긴 것이다. 이후 보고서 형식으로 한 번 더 쓰면서 이를 확신하게 되었다. 비록 치의학전문대학원과 치대 편입을 합해 8번이나 떨어졌지만, 그동안 흥미가 생긴 치과 재료학을 생각하며 학술대학원 입시를 준비했던 것이다.

그렇게 입학했던 이곳… 우리 연구실… 생각해 보면 많은 장애가 있었다. 처음엔 정기적으로 출근하는 것조차 적응되지 않아 출근만으로도 힘들었다. 뒤이어 대상포진, 백신 부작용 등 여러 고난을 겪었다. 그래도 이 모든 것을 양해해주시고 지도해주신 지도교수님 이하 식구들 덕분에 다시 자신감을 얻고 또 다른 도전을 계획하게 된다. 연구하는 치과의사, 그것을 목표로 말이다.

사실, 이 연구실에서 박사를 이어가도 좋을 거란 생각도 있었다. 나 역시 처음 입학할 땐 그럴 의향을 가지고 입학한 것이다. 사실 지금도 가끔 생각한다. 그냥 안전하게 박사를 이어가는 게 편하지 않을까…? 하고 말이다. 하지만… 치과의사를 하고 싶다는 열망이… 25년 전에 품었던 작은 불씨가… 나를 가만히 두지 않는 것이다. 물론 다시 입시를 준비한다면 처음부터 다시 시작해야 한다. 벌써 3년이나 지난 성적은 효용이 없기 때문이다. 이전보다 잘할 수 있다는 보장도 없다. 대학원 생활이 플러스 요소인지도 모르겠다. 하지만… 이 도전이 성공이건 실패이건 상관없다. 나는 그저 부딪혀볼 뿐이다.

칠전팔기七顚八起? 우습다. 나는 이미 8번 떨어졌다. 그렇다. 보여주겠노라! 八顚九起의 정신을! 이것은 나를 돌아보는 거울이며 앞으로 나아간다는 [출사표]인 것이다!

MBTI 성격유형에 관한 고찰

　여러분들은 MBTI에 대해 알고 있는가? MBTI란 마이어스-브릭스 유형 지표(Myers-Briggs-Type Indicator)의 줄임말로 4가지의 축약된 문자로 개인의 성격유형을 나타낸다. 요즘 젊은 세대에서 폭발적인 인기를 얻고 있으며, 자신을 소개할 때 필수적으로 기재하는 요소로 자리잡고 있다. 심지어 모 기업들은 직원을 채용하며 이를 평가항목으로 사용해 찬반양론이 일어난 적도 있다. 그렇다면 MBTI는 왜 이렇게 인기를 얻은 것일까? 이번 글에서 한번 고찰해보고자 한다.

　MBTI에 대해 이야기하기 전에 이에 앞서 국내와 일본에서 유행하던 [혈액형 성격설]에 관하여 보도록 하자. 모두가 알듯 이는 ABO식 혈액형에 따라 성격이 나뉜다는 것으로 A형은 꼼꼼하지만 소심하고, B형은 대범하나 예의가 없으며, O형은 활달하나 깊게 생각하지 않으며, AB형은 똑똑하지만, 이상한 사람이라는 등 특징을 나타낸 이론이다. 필자의 모친 역시 필자가 AB형이라는 것을 듣고, AB형인 기존 가족 구성원이 그 전형을 보여줬다며 걱정했다는 일화를 들은 적이 있다.

물론 혈액형으로 성격이 정해진다는 것은 근거가 존재할 수도 없는 황당한 유사과학에 불과하다. 혈액형 연구는 독일의 외과의사 에밀 폰 둔게른이 대부분 표유류의 혈액형은 B형이나, 사람과 침팬지에서는 A형이 발견된다는 것에서 진화와 혈액형을 연결 짓기 시작했다. 이어 A형이 많다는 것은 더욱 진화된 인종을 뜻하며, 백인에서 A형이 많으므로 백인이 가장 진화한 인종이라고 주장하였다. 이후 일본 제국의 우생학자인 후루카와 다케지의 「혈액형에 의한 기질 연구」에서 혈액형과 성격을 연관짓기 시작되었다. 즉, 나치 독일이나 일본 제국이 본인의 우월하며, 나머지 인종은 청소하거나 지배해야 한다는 생각에서 나온 우생학의 잔재인 것이다! 이러한 배경을 차치하더라도 ABO식 혈액형의 차이는 적혈구에 특정 당이 붙어있나 아닌가 하는 차이에 불과하기 때문에, 혈뇌장벽에 막혀 혈액과 직접 닿지 않는 뇌에 영향을 미치는 것을 불가능하다. 만약 이것이 진실이라면 페루 원주민과 같이 O형이 100%인 집단에서는 모두 비슷한 성격을 가져야 하니 말이다.

이러한 주장이 계속해서 나오자 젊은 층 사이에서는 혈액형 성격설이 MBTI로 완전히 대체되고 있다. 태어난 혈액형 외 아무런 지표가 없는 혈액형과 비교해 질문지를 읽고 답변하는 형식이며, 두 개의 태도 지표(외향-내향, 판단-인식)와 두 개의 기능 지표(감각-직관, 사고-감정)을 통해 총 16개의 성격유형으로 나뉘기 때문에 4개에 불과한 혈액형에 비해 훨씬 세세하게 나뉜다는 특징을 가진다. 즉, 혈액형과 비교하자면 더욱 "과학적"이라고 볼 수 있다. 하지만 제작자 전문가가 아닌 기자이며, 2차 대전 이후 사회에 진출하는 여성을 위해 만든 만큼 시대적, 기능적 한계를 가진다. 또한 자신이 질문을 읽고 정도를 고르는 자기 보고적 테스트인 만큼 신뢰성이 적다는 문제점을 지닌다. 그럼에도 젊은 세대의 지표라고 불릴 정도로 유행을 한다니 그 이유가 궁금할 것이다. 이에 대해 필자는 다양성이 넘치는 사회와 온택트 시대의 도래를 원인으로 본다.

과거에는 사회가 비교적 단순했다고 보인다. 학창시절 열심히 공부하면 대부분 대학 졸업 후 좋은 직장을 얻을 수 있었다. 또한, 결혼과 함께 대출을 끼고 집을 산 후 아이를 낳고 기르며 사는 삶을 비교적 쉽게 이룰 수 있었다고 본다. 하지만, 현재는 어떤가? 일단 대학 졸업 후 얻을 수 있는 양질의 직장이 별로 없다. 고용노동부 자료에서 1980년 대기업 대비 중소기업 평균임금 비율은 96.7%로 격차가 거의 없었으나, 현재 60%에도 미치지 못한다. 중소기업을 다니는 필자의 친구들을 보아도 연봉 3000만원 정도에 머물고 있다. 이를 전부 모아도 서울시의 6억 정도 하는 아파트를 사려면 20년이 걸린다. 생활비와 주거비 등 필수 지출비를 감하면 연봉이 오른다 해도 퇴직 때까지 살 수 있을지 의문이다. 이를 극복하기 위해 자신의 특기를 살려 다양한 직업군에 도전하여 성공하거나, 다양한 투자 및 재테크를 통해 자산을 증식하는 것이 필수요소가 되고 있는 것이다. 이를 위해선 자기자신에 대해 더 심도 있게 탐구하고, 장단점을 아는 것이 중요하다고 생각한다. 필자는 MBTI가 가장 간단하게 자신을 알아보고 분류할 수 있는 툴로 작용하는 것이 아닐까 하는 견해를 제시한다.

온택트 시대로의 변화 또한 이를 부추긴다고 보인다. 박문각의 시사상식사전에서 제시하는 온택트의 정의는 다음과 같다.

/비대면을 일컫는 '언택트(Untact)'에 온라인을 통한 외부와의 '연결(On)'을 더한 개념으로, 온라인을 통해 대면하는 방식을 가리킨다. /

코로나19의 영향으로 이러한 경향이 두드러졌지만, 그 이전에도 흔히 Z세대라고 부르는 95년생 이전 젊은 세대는 학창시절부터 온라인상에서 사람들과 관계를 맺는 경우가 많았다. Y세대인 필자의 경우 온라인으로 소통하긴 하였으나, 주로 학교 친구들과 메신저나 문자메시지를 이용해 만나는 현실 인간관계의 연장선이라고 할 수 있었다. 온라인 친구들과 소통을 위해선 컴퓨터를 이용해 싸이월드 등 초기형 SNS나 네이버나 다음 카페 등을 이용해야 하는 과도기적 성격을 보였다. 반면, Z세대의 경우 스마트폰의 보급으로 언제 어디서나 온라인에 접근할 수 있게 되었으며, SNS를 통해 불특정 다수의 사람들과 상호작용이 가능해진 것이다.

온라인에서 사람들과 만나는 경우, 현실과 달리 제스처나 표정, 분위기 등과 같이 비언어적 표현이 전달되기 어렵기 때문에 상호간의 오해가 발생할 가능성이 높다. 또한, 그 사람의 성격, 배경 등을 온전히 알 수 없는 경우가 많으므로 자기자신을 알리는 것이 필요하다. 자신을 소개하며 "저는 어떠어떠한 성격을 지녔고, 어떤 성향을 선호하며…" 등등 구구절절하게 설명하는 것보다 "제 MBTI는 OOOO입니다."와 같이 제시하는 것이 훨씬 편하기 때문이다. 또한, 같은 지표를 가진 사람끼리 공통점이나 다른 지표를 가진 사람끼리 차이점 등을 찾아보며 소통의 소재로 사용하기도 좋기에 일종의 "은어"와 같은 역할을 하는 게 아닌가 싶다. 물론 전술한 기업 채용의 근거로 사용하는 것과 같이 비과학적인 이 테스트에 과몰입하는 경우, 문제가 될 수 있으므로 자신과 타인을 이해하는 도구로, 그리고 소통의 창구로만 즐기는 것이 이로울 것이다.

혹시 이 글을 읽고 계신 연장자 분들 중에 젊은 세대와 소통하고 싶으시다면, 검색창에 [MBTI 성격유형검사]를 입력하고 검사해보시길 바란다. 답변 항목이 많아 귀찮더라도 그 귀찮음이 세대간 소통의 메신저가 될 것이다.

황 진 원

아물지 않는 트라우마
세상은 동상이몽同床異夢

〈문학秀〉 수필부문 등단, 신인문학상(제10호)
The 함안신문 논설위원
대통령 황조근정훈장 수훈 수상

아물지 않는 트라우마

나는 개를 싫어한다. 개만 보면 타협할 수 없는 악마를 보는 것 같다. 금방이라도 날카로운 이빨로 나를 공격할 것 같아 너무 무섭다. 강아지만 앞에 보여도 나는 긴장한다. 주인이 목줄을 잡고 있어도 그렇지만 목줄이 없을 때 나는 개에서 눈을 떼지 못한다. 큰 개는 더하다. 공포의 대상이다. 큰 개를 비껴갈 일이 있을 땐 순식간에 덤벼들 것 같아 온몸이 오싹하다. 주인에게 몇 번이고 개 줄을 잘 잡아 달라고 당부하고 개를 비껴간다.

주로 개 주인은 절박한 내 마음을 몰라주는 느낌이다. 개 줄을 다 잡아 당겨 주지도 않는다. 오히려 과잉반응 인물로 나를 보는 눈초리다. 자기 개는 양같이 순하다는 반응은 기본이다. 겨우 개를 벗어나도 안심을 못 한다. 이젠 뒤에서 덤벼들까 봐 쫓기던 노루 마냥 몇 번이고 뒤를 돌아본다. 주인이 목줄을 잡고 있어도 안심이 안 된다. 뒤돌아보고 또 돌아본다.

중학교 때다. 객지에 계시던 아버지께서 시골집에 오셨다. 심심하셨든지 이웃집에 가서 신문 좀 빌려 오라고 했다. 마을에서 유일하게 신문을 받아보는 집이었다. 신문을 빌려 받아들고 그 집을 나올 무렵이었다. 요란하게 짖어대던 개가 따라오면서 금방이라도 덤빌 태세였다. 순간적으로 잽싸게 뛰었다. 겨우 몇 발짝 뛰었을 때 엉덩이가 뜨끔했다. 엉덩이에 손을 대보니 옷이 찢어졌고 손끝에는 피가 묻어있었다. 목적 달성이 끝난 개는 유유히 사라져버렸다. 갑자기 조용해졌고, 그곳에는 초라한 내 모습만 남아있었다. 절뚝절뚝 집으로 돌아온 나에게 할머니는 상처 부위의 피를 닦고 아까징끼(머큐로크롬)를 발라 주셨다.

개와의 악연은 거기서 끝나지 않았다. 고등학교 때다. 어두운 밤 통근 열차에 내려 집으로 가던 중, 역전 구멍가게에서 사탕 몇 개를 샀다. 돈은 내가 냈는데, 장난기가 발동한 친구가 사탕을 먼저 들고 달아났다. "강도 잡아라!"고 외치면서 친구 뒤를 쫓으며 골목길로 접어들 때, 요란한 개 짖는 소리와 함께 내 허벅지가 뜨끔했다. 이젠 노하우가 생겨 금방 개에게 물린 것을 알아차렸다. 개도 야속했다. 쫓기는 '강도'를 물어야 할 개가 쫓는 나를 물었다. 이어 개 주인이 나오고 주인과 병원으로 가서, 그 후로 1주일간 통원 치료를 받았다.

그 때 우리 집에도 개를 키우고 있었다. 옛날의 시골 개는 지금과 같은 애완용 개가 아니다. 지금 같이 물고 빨고 귀여워해 주지도 않았다. 그래도 우리 집 개는 주인을 따랐다. 가는 곳마다 쫄랑쫄랑 나를 따라다니며 살랑살랑 꼬리치는 모습은, 쓰다듬어 주고 싶은 대상으로 기억에 남아있다. 그러나 남의 개는 아니다. 개만 보면, 뒤에서 공격하는 비굴한 자, 달아나는 자에게 돌을 던지는 악질 자, 감춰둔 비수를 잽싸게 꺼내 비무장한 자에게도 사정없이 난도질하는 잔인한 자가 떠오른다. 그 악몽은 갈수록 더 심해지는 느낌이다.

　개에 두 번째 물리고 지금까지 50년이 되어간다. 개가 근방에만 와도 순식간에 덤빌 것 같다. 개를 몰고 가는 사람을 보면 아무리 자기 개라도, 무섭지도 않은지 신기하다. 큰 개는 더욱 그렇다. 나에겐 개의 인식이 무서운 존재 그 이상도 이하도 아니다. 물론 개를 키우고 싶은 생각도 없다. 애완용 개를 키우는 사람은 나를 이해 못 할 것 같다. 나는 개를 키우는 사람을 이해 못 하는데 말이다.

　갈수록 애완용 개를 키우는 인구는 늘어나는 것 같다. 개 한 마리도 부족해 이젠 2마리, 3마리까지 몰고 다니는 사람이 있다. 이런 추세를 보면 개를 배척하는 나 자신이 문제가 있는 것이 맞을 것 같다. 그러나 아무리 세상만사 마음먹기에 달렸다고 하지만 이런 문제는 내 마음을 달리한다고 해결될 일이 아니다. 나에겐 개의 공격을 대비한 방어적 본능이며, 안전 욕구의 발로다. 나로서는 오히려 나의 마음을 알아달라고 개 주인에게 호소하고 싶은 심정이다. 한 번 화살에 맞은 새는 굽은 나무만 봐도 놀란다傷弓之鳥. 나는 화살에 두 번이나 맞았다.

　한편으로 개의 처지도 불쌍하다. 옛날에는 목줄에 묶여 살아가는 개의 모습이 흔하지 않았다. 소는 고삐에 매여 있고, 돼지는 우리에 갇혀 지냈지만, 개는 주로 자유로웠다. 먹고 자고 놀고, 오죽하면 '개

팔자가 상팔자'라고 했겠나. 하기야 지금은 '상전 팔자' 대접이다. 그러나 개가 본능으로 살아가기엔 인간의 제약이 너무 많다. 목줄에 묶여 맘껏 다니지도 못한다. 운동 부족에다 친구 개도 못 만난다. 암캐, 수캐 서로 데이트도 못 한다. 입마개까지 해야 하는 경우도 있다. 그렇게 한평생 살아가야 하니 개의 처지도 처량하다. 고삐 풀린 망아지처럼 자유롭게 살고 싶은 마음 얼마나 간절하겠는가. 그 사정도 몰라주고, 고삐를 더 졸라매야 한다는 나 같은 사람도 있다. 흘겨보는 두 눈초리가 더욱 무섭게 보인다.

세상은 동상이몽 同床異夢

"널~찌라! 널~찌라! 널~찌라…."

가을빛이 한창일 때, 마을 뒤 공원에서 환경 미화활동을 하는 아주머니들이 합창을 하고 있다. 5~6명은 되어 보인다. 그들의 시선은 바로 앞에 우거진 단풍나무 잎에 집중되어 있다. '널~찌라'라는 말은 '떨어져라'라는 경상도 방언이다. 낙엽을 쓸다 잠시 휴식을 취하면서 단풍잎이 떨어지기를 애타게 바라는 목소리가 분명했다.

이제 막 새빨갛게 물들기 시작하는 단풍잎은 가을 햇빛을 받아 보석처럼 눈 부신다. 살랑살랑 가을바람이 불면 아기 손바닥의 군무처럼 반짝반짝 빛난다. 그 아름다운 순간을 놓칠세라 마을 사람들이 줄을 잇고 있을 때다. 환경 미화 활동을 하는 아주머니들은 단풍잎이 떨어지기를 학수고대하고 있다. 그들의 눈에는 단풍잎이 아름다움의 대상이 아니고, 일거리로 보이는 모양이다. 휴대폰 카메라에 가을을 담기 바쁜 단풍객들은 아랑곳하지 않고, 그들은 연거푸 단풍잎이 떨어져라. 손뼉 장단까지 맞춰가며 외치고 있다. 그러나 듣는 나만 신기할 뿐이다. 단풍객은 아무도 아주머니들을 못마땅해하지 않는다.

아주머니들도 단풍객을 의식하지 않는다. 같은 대상을 놓고 서로 생각이 다를 뿐이다.

화살을 만드는 사람은 사람을 상하게 하지 못할까 염려하고, 갑옷을 만드는 사람은 사람을 상하게 할까 염려한다. 화살 만드는 사람은 사람을 죽게 하기 때문에 나쁜 사람인가. 갑옷을 만드는 사람은 사람을 살리기 때문에 착한 사람인가. 옛날에는 화살 만드는 사람도 필요하고, 갑옷 만드는 사람도 필요했다. 둘 다 소중한 사람이다. 만드는 물건의 차이로 그들은 서로 다른 꿈을 꾸고 있을 뿐이다.

장의사는 사람이 죽어야 그들에게 이롭고, 의사는 사람이 살아야 이로움이 있다. 그러면 장의사는 나쁜 사람이고 의사는 착한 사람인가. 또 추구하는 목표가 상반된다고 의사와 장의사는 서로 불편한 관계인가. 그들에게 직업을 갖고 따지는 사람은 아무도 없다. 하는 일의 차이로 그들은 서로 다른 생각을 하고 있을 뿐이다. 다음과 같은 경우가 있었다.

치주 질환으로 치과를 찾은 일이 있다. 진찰을 한 의사는 이를 뽑고, 임플란트를 해야 한다고 했다. 치주 치료만 하면 되는 줄 알고 병원을 찾았는데 멀쩡한 이를 뽑다니, 너무나 뜻밖이었다. 의사는 당장 이를 뽑자고 종용한다. 순간 '썩어도 내 이빨이 낫다'는 말이 떠오른다. 몇 번이나 다그치는 의사에게 좀 더 생각해 보겠다고 말하고는 우선 치주 치료만 하고 병원을 나왔다. 며칠 후에 다른 치과로 갔다. 치주 질환의 상황을 말하고 이를 뽑을 정도인지 물었다. 다행히 그

병원에서는 치주 치료만 하면 된다는 것이었다. 그곳에서도 이를 뽑으라고 할까 봐 무척 긴장했는데 의사는 묵묵히 치주 치료만 해주었다. 그 후 10년이 지났다. 아직까지 아무렇지도 않게 그 이를 잘 사용하고 있다. 그때 이를 뽑고 임플란트를 했다면, 멀쩡한 이를 버릴 뻔했다.

이를 뽑으라는 치과 의사는 무슨 생각이었을까. 물론 그의 의술로 보면 뽑아야 할 사안이었는지 모른다. 그러나 지금까지의 결과를 보면 그의 말에 의문이 생긴다. 꼭 뽑아야 할 정도라면 적어도 얼마간의 기간을 두고 관찰해 가면서 그 여부를 결정할 수도 있었다. 그는 다짜고짜로 이를 뽑기를 권했다. 뽑지 않으면 무슨 큰일이 생길 것 같은 어투였다. 그때 그 의사의 말을 듣지 않은 것이 정말 다행이다. 만약 개인의 이익만 생각하는 소신 없는 의사였다면, 그 의사는 너무 심했는가 싶다.

인간 사회는 상반된 생각으로 서로 접촉하는 경우가 많다. 상거래만 봐도 그렇다. 상인은 값비싼 물건을 많이 팔고 싶어 하고, 고객은 값싸고 품질 좋은 물건을 사기 원한다. 택시가 달릴 때면 쉴 새 없이 올라가는 미터기 숫자에 기사는 콧노래가 나오지만, 손님은 가슴이 덜컹거린다. 회사 사장은 일하는 날이 많을수록 좋고, 사원은 노는 날이 많을수록 좋다. 가난한 사람은 부자가 돈을 쓰기를 바라는데, 부자는 절약해서 더욱 부자가 되려 한다. 만나는 사람마다 나와 생각이 서로 상반되는 경우가 너무 많다. 이익 앞에서 더 심하다. 따지고 보면, 세상은 온통 동상이몽同床異夢이다. 이렇게 인간 세상은 굴러 가고 있다. 떳떳하고 정당한 일을 하면서 남에게 피해를 주지 않으면 무슨 생각을 해도 나무랄 사람은 없다.

　동상이몽의 삶이 허용되지 않는 곳이 있다. 가족을 보자. 같이 자고 같이 먹고 같이 생활하면서 희로애락喜怒愛樂과 생사고락生死苦樂을 같이 하는 곳이 가정이고, 그 구성원이 가족이다. 한 사람의 동상이몽은 가족 전체에 영향을 미친다. 이것이 누적될수록 가정의 불행은 커진다. 친구 간에도 그렇다. 서로를 신뢰하지 못하면 불신의 골만 깊어진다. 인간관계로 맺어진 사회에서 동상이몽이 싹튼다면 한 번쯤 고민해 봐야 할 문제다.

문학秀작가회선집　　2022

소설

김영덕

하광순

김 영 덕

남도의 세 친구들

강원도 홍천 출생
〈문학秀〉 소설부문 등단, 신인문학상(제4호)
교육학박사, 강원사대부고교장, 강원도화천교육장 역임
격월간 〈한국문인〉 수필 및 단편소설
저서- 수필집《사랑의 충돌》,《흐름과 소리가 만날 때》

남도의 세 친구들

그네들은 다도해 바닷가에서 해풍에 그을린 얼굴로 세면도구와 옷가지 두어 벌과 옥양목 생리대 몇 개를 구겨 넣은 싸구려 검정비닐가방을 들고 겨우 완행열차에 탑승하여 콩나물시루 같은 객차 통로에서 밤새도록 시달린 끝에 서울역에 내린 처자들이었다. 윤진숙은 섬마을에서 똑딱선을 타고 한 시간을 넘게 바다를 건넜고, 거기서 뛰다시피 30분이나 걸어 겨우 기차를 탈 수 있었다. 그로부터 6개월 후 윤진숙의 편지를 받은 김현덕이 서울역에 내렸다. 그네들 셋 중에서 서울행 열차를 가장 먼저 탄 친구는 강후남이었다. 그녀는 아마도 윤진숙보다 3년은 먼저 서울행 열차를 탔을 터였다. 왜냐? 그녀는 중학교도 미처 졸업을 못하고 그렇게 해야 했으니까.

그네들의 출발은 목포역으로 모두 동일했고 도착지 또한 서울역으로 똑같았으나, 그 밖의 것들은 하나도 같은 게 없었다. 그네들은 그 모든 걸 운명으로 알고 서울의 하늘 아래 어딘가에 있을 고향 친구들의 존재도 잊은 채 억척같이 살았다. 아무리 험악하고 궂은일이라도 마다하지 않았다. 그래야만 살아남을 수 있었다. 그러다 보니 서울의 토박이들 못지않게 떵떵거리며 살게 되었다. 결혼도 했고 그만하면 자식 농사도 성공작이었다. 살만해지니 두고 온 고향이 그리워졌고, 그래서 향우회에 나갔다. 고향의 냄새라도 맡고 싶어서였다. 그것도 운명이었던가. 거기서 그네들 셋이 다시 만났다. 억척스럽게 살아온 것처럼 남도의 세 친구들은 시간만 나면 어울렸다. 고희를 목전에 둔 나이였지만 섬마을에서보다 더 재밌게 시간을 보냈다. 노인복지관에서 취미활동도 같이했고, 맛집을 찾아 인천 송도까지 달려갔으며, 맘마미아 뮤지컬과 나훈아 쇼도 함께 보러 다니면서 한평생 가슴에 간직하고 있던 이야기들을 원 없이 털어놓았다. 늘그막 팔자가 그만하면 남부러울 게 없었다.

"넌 어떻게 권 회장을 만났니?"

어느 날 강후남이 윤진숙에게 물었다. 김현덕도 거들었다.

"그래, 이쯤에서 이실직고해라!"

"아무에게도 말한 적이 없는데…."

윤진숙은 한참을 망설이다 입을 열었다.

"위문편지가 발단이야. 고3, 2학기에 막 접어든 9월 중순이었을 거야. 아마도…."

어느 날 국어 시간, 국군의 날에 맞춰 일선 장병에게 위문편지를 썼다. 그건 그 시절의 연례행사였고 거의 반 강압적이었다. 그러니 다

분히 형식적이었고 불성실했다. 노골적으로 불평불만을 드러낸 문장도 없지 않았고, 남의 편지글을 그대로 베껴내기도 했다. 그러나 윤진숙은 달랐다. 그녀는 매사에 가식이 없었다. 군대에 가 있는 큰오빠 생각을 하며 정성을 다해 위문편지를 썼다. 그렇게 쓰다 보니 다섯 장이 넘었다. 그렇게 두툼한 위문편지는 흔치 않았다. 위문편지를 제출하고 그 사실을 까맣게 잊고 있었다. 졸업을 앞둔 학창의 시간은 빠르게 흘러갔다. 졸업시험을 일주일쯤 남겨놓고 있을 때, 담임선생이 편지를 한 통 전해주었다. 발신인은 권오윤 소위라는 육군 장교로, 그 위문편지의 답장이었다. 그렇게 정성들여 쓴 위문편지는 처음이라는 거였고, 그 위문편지를 전 소대원들이 돌아가면서 모두 읽었다는 거였다. 졸업시험이 끝나고 겨울방학에 들어갈 무렵 또 위문편지를 써야 했다. 이번에는 권오윤 소위에게 답장 형식으로 위문편지를 썼다. 그렇게 해서 윤진숙과 권오윤은 편지를 주고받는 사이가 되었다. 권오윤 소위는 서울에서 성장했고 학군단 출신이었다. 윤진숙은 여고를 졸업한 후, 섬마을 면사무소에 임시직으로 취직이 되어 사회생활을 시작했다. 윤진숙과 권오윤의 편지는 거의 보름에 한 번씩은 오갔다. 일 년쯤 그러던 중 권오윤이 윤진숙을 서울의 어떤 회사에 사무직으로 소개를 했다. 그 당시 섬사람들의 꿈은 하나같이 뭍으로 나가는 거였다. 윤진숙은 설레는 가슴으로 권오윤이 알려주는 그 회사를 찾아갔다. 회사에서는 이미 윤진숙에 대하여 많은 것을 잘 알고 있었다. 그 회사는 권오윤의 친척이 운영하는 회사였다. 그녀는 그 회사의 경리부서에서 성심성의껏 일했고, 임시직으로 입사한 지 6개월 만에 정규직이 되었다. 그리고 다시 6개월쯤 되었을 때 권오윤은 전역했고, 곧바로 공정거래위원회에 취업 했다. 그로부터 1년 만에 두 사람은 화촉을 밝혔다.

"너, 참 부럽다. 너처럼 복 받은 인생은 없지 싶다!"

김현덕이 호들갑을 떨며 소리쳤다.

"그러게…. 착하고 성실하게 살면 이렇게 늙어서도 회장 사모님 소리를 듣는구나!"

강후남이 부러움을 금치 못했다.

"그런 소리 마. 강남의 부자 마님들이 부러운 게 뭣이 있을까? 난 아직도 세검정 골짜기 국평 아파트 못 면했는데…." 윤진숙이 쑥스러운 표정을 지었다.

"영감탱이도 없는 강남 고층이 뭔 소용이냐?"

김현덕과 강후남이 약속이라도 한 듯 소리쳤다. 강후남은 이성관계가 난잡하던 남편과 30대 초반에 두 남매를 데리고 이혼하여 혼자 살았고, 김현덕의 남편은 뇌졸중에다 치매 증상까지 겹쳐 요양시설에 들어가 있는지 3년도 더 되었다.

이제, 서울에서 완전히 한 패거리가 된 남도의 세 친구들, 그네들의 이야깃거리는 과거 가까이 지냈던 이들의 흉을 끄집어내는 거였다. 그럴 때 가장 쉽게 회자되는 대상은 중고등학교 선생들이었다. 실력은 별로이면서 쓸데없이 무섭게 굴던 선생이나, 자신의 연애담과 자기 자랑을 일삼던—그런 선생들은 수업 시작종이 울리고도 거의 5분은 지나서야 입실하고 끝나는 종이 나기도 전에 나가버린다. 수업 시간에 코를 골며 잠을 자도, 옆 사람과 떠들고 장난을 쳐도, 만화책을 책상 위에 버젓이 올려놓고 딴짓을 해도 소리 한번 지르지 않는다. 숙제 검사도 제대로 안 하고, 시험을 칠 때 커닝을 해도 못 본 체하며, 지각이나 무단조퇴를 해도 그 사유를 묻지도 따지지도 않는다. 아직 검증되지도 않은 역사적 사실을 호도하여 가르치고, 사이비 종교를 고무 찬양하거나 강요하며, 특정 정치집단의 이념과 사상을 무분별하게 주입하는 등, 가치관도 제대로 정립되지 않은 학생들을 선동하여 배움의 전당을 정치판으로 얼룩지게 하면서도 전혀 양심의 가책을 느끼지 않는다. 그런 선생들의 특징은 교권과 교육의 본질을 앞세워 혹세무민하고 오로지 자신의 권익만을 챙기기 위하여 눈에 핏발을 세운다. 교직의 의무와 윤리는 안중에도 없다. 심지어는 교재연구는 완전히 뒷전이고, 증권 사이트에 접속하여 주식시세를 검색한다든가, 얼굴이 벌게서 술 냄새를 풍기며 횡설수설하거나, 머리도 빗지 않은 푸스스한 얼굴로 시집 식구들을 싸잡아 험담하면서 말 같지도 않은 궤변으로 시간을 잡아먹는다. 더욱 한심한 것은 학생들을 돈벌이와 출세의 수단으로 여기고, 무엇인가 내놓을만한 집이나 사회적으로 위력 있는 집 아이들을 노골적으로 편애한다. 때로는 교육을 빙자하여 무섭게 폭력을 행사하여 고막을 파열시키거나 어금니를 부숴

놓기도 한다. 지금이야 그렇게 한심스러운 선생은 없어 보이지만, 그 당시에는 그토록 저급한 인격들도 그 높은 교단에 겁 없이 올라서서 겨레의 스승인 양 거들먹거렸다.—선생들은 단연 조롱거리의 일 순위였다. 남달리 예쁘장한 학생에게 추파를 던지며 능글맞게 굴던 선생도 예외는 아니었다. 요즈음은 제자 성추행으로 찍혀 매장되고도 남을 만한 짓거리들을, 그때는 하나도 꺼리낌 없이 자행하던 시절이었다. 그럴 때 아이들은 학생 된 죄로 모든 걸 감내해야 했다. 참는 게 도리였고 제자로서의 미덕이었다. 그때 그 시절 그런 것들이 낱낱이 이야깃거리가 되어 세 노파들의 메말라 있던 시간을 그럭저럭 윤택하게 만들어 주고 있었다.

그다음 솔깃한 이야깃거리는 마을에서 가장 짓궂게 장난질을 치던 애들과 연애질을 일삼던 애들이었다. 세월을 거슬러 올라가 이것저것 생각을 쥐어짜 낸 다음 빠짐없이 들춰내어 흉을 보거나 빈정거렸다. 그러니 그가 누구라 하더라도 머리에 떠올랐다 하면 놀림감이 되어 난도질 당할 수밖에 없었다. 누구에게나 흉잡힐 거리는 다 있게 마련이었으니까. 그러나 남도의 세 친구 중에서 윤진숙은 남다른 데가 있었다. 도무지 그녀는 흉잡힐 게 아무것도 없는 인격이었다. 아무리 그렇다고 해도 그런 것을 그냥 지나칠 김현덕이 아니었다. 무엇이라도 걸고 넘어져야 했다. 그렇게 그네들은 격의 없는 친구들이었다.

"야, 너를 보던 미술 선생님 눈빛이 예사롭지 않았어!"

김현덕이 드디어 윤진숙을 짓궂은 얼굴로 바라보며 놀림감의 대상으로 끌어들였다.

"너, 사람 잡지 마! 너는 체육 선생님이 눈독을 들였었잖아!"

윤진숙도 뒤질세라 김현덕을 끌어들였다. 그러나 윤진숙이나 김현덕의 놀림거리들은 별 드라마틱한 요소가 없었고 싱겁기가 물에 술탄 듯 별맛이 없었다.

"그년은 커닝으로 우등상을 타고도 잘난 척했었지. 미친년 같으니!"

한참을 궁리하던 김현덕이 드디어 목청을 돋우었다. 학교육성회장의 딸이라는 송미자 이야기를 김현덕이 들추어냈다. 송미자의 부친은 이름난 부자였다. 역전 거리에 3층짜리 건물을 다섯 채나 갖고 있어 월 임대 수입만도 3천만 원이 넘었다. 학교에 적지 않은 발전기금을 내놓는 사람으로도 유명했다. 그 위력으로 그의 둘째 딸 송미자는 학교에서 여러 가지 특혜를 누리고 있었다.

"송미자는 어디에서 살고 있을까?"

윤진숙이 김현덕을 힐끗 쳐다보았다.

"호주로 이민을 갔다더라. 딸이 호주 남자와 국제결혼을 했다나 봐. 그년 더럽게 날치더니 결국 국제적으로 놀고 있네. 더러운 년!"

김현덕은 송미자에 대한 악감정이 아직까지도 그대로 살아있었다.

"송미자와 그렇게도 안 좋았냐? 한번 얘기 좀 들어보자."

윤진숙은 김현덕이 타인을 그렇게 험담하는 친구는 아니라는 걸 잘 알고 있던 터였다.

"그년 이야기하자면 길다. 망할 년 같으니!"

김현덕은 아직도 분한 마음이 솟구치는 듯 치를 떨었다. 그래서 사람은 타인의 마음에 상처를 남길만한 짓거리는 절대로 하지 말아야 한다. 마음의 상처는 완치가 없는 법이다. 김현덕은 3학년 때 같은 학급에 있던 송미자로 인하여 씻을 수 없는 마음의 상처를 입었다. 송미자 부친의 막강한 위력 때문에 학교에서도 김현덕을 외면할 수밖에 없었다. 윤진숙과 강후남이 집요하게 그 내용을 밝히라고 매달렸지만, 김현덕은 그 상처를 되살리기 싫은 듯 먼 산을 바라보며 이만 부득부득 갈았다.

"그년이 얼마나 잘 되는가 내 평생을 지켜보고 있는 중이야. 그년만 아니었어도 내 인생이 완전히 달라졌을 거야. 어린 나이에 생판 객지에서 온갖 설움을 겪으며 개고생은 안 했을 거고, 지금보다 훨씬 더 신나게 살고 있을 거야. 교회에 가면 내 한을 풀어달라는 기도밖에 다른 기도는 안 해!"

"아무리 그래도 이젠 잊어버리도록 노력하는 게 좋지 않을까? 그만하면 되잖아. 애들도 모두 다 잘 컸고…."

강후남이 나긋나긋한 말투로 김현덕을 달랬다.

"마태복음에도 있잖아. '너희가 사람의 잘못을 용서하면 너희 하늘 아버지께서도 너희 잘못을 용서하시려니와 너희가 사람의 잘못을 용서하지 아니하면 너희 아버지께서도 너희 잘못을 용서하지 아니하시리라….' 난, 교회 다니지 않지만 이젠 잊어버리고 송미자를 용서 하렴!"

윤진숙이 강후남을 거들었다. 학창 시절 김현덕과 함께 강의록으로 성경을 공부할 때 외워둔 구절을 되살려 보았다.

"난 하느님한테 버림받아도 그년만큼은 절대로 용서 못 해! 그년 끝까지 지켜볼 거야! 그년은 개보다 더 추잡한 년이야. 너희는 그런 줄만 알고 있어!"

김현덕은 단호했다. 이 땅에는 김현덕처럼 엉뚱하게 당하고 살아가는 이들이 곳곳에 널려 있었다. 그래도 살아가야 하는 게 인간이었다. 힘이 없으면 누구나 무엇이나 그리되는 거였다. 그래서 살아야 하는 것들은 힘을 기르느라 아귀다툼을 불사하고, 일단 힘이 생기면 그때부터 거의가 슬그머니 초심을 팽개쳐버린다.

그런 식으로 세 노파의 놀이마당에서는 과거에 조금이라도 비정상적이었던 것들은 모두가 놀림감이 되거나 분풀이의 대상이 되었다. 그리고 그 대상들은 철저하게 멸시당하며 그네들의 세계에서 나락으로 떨어지게 했다. 그렇게 해서라도 심신의 평정을 찾고 위안이 될 수만 있다면 다행이었는데, 이 땅에 발붙이고 살아가는 인간들은 거의 모두 그럴만한 돌파구를 찾지 못한 채 갈팡질팡하다가 쓰러져 갔다. 다행스럽게도 그네들은 평생을 인고하며 억척스럽게 살아온 덕으로 뒤늦게나마 마음 놓고 넋두리도 하고 분풀이도 할 수 있는 기회를 얻었던 것이었다.

"선생님 같지도 않은 선생도 있었어."

말없이 듣고만 있던 강후남이 드디어 심각한 얼굴로 입을 열었다. 윤진숙과 김현덕은 숨을 죽이고 강후남의 이야기에 귀를 기울였다. 강후남은 그동안 아무에게도 하지 않았던 이야기라며 오랫동안 한이 서렸던 이야기를 담담하게 털어놓았다.

"중학교 3학년 1학기 중간고사가 모두 끝난 토요일, 종례를 마치고 집으로 가려는데 음악선생이 교무실로 부르더라. 그래서 한걸음에 달려갔지. 내가 음악 선생님을 잘 따랐거든…."

일요일 일직근무를 하면서 시험답안지 채점을 해야 하는데 학교에 나와 도와주면 좋겠다는 거였다. 점심은 자장면을 사준다고 했다. 강후남은 외갓집에 다녀오라는 어머니 심부름도 거절하고 학교로 가서 음악선생을 도와 전교생들의 음악답안지 채점을 했다. 강후남의 답안지는 이미 음악선생이 채점했고 100점이었다. 실제로는 두 개가 틀려 92점이 맞는데 채점을 도와주는 값으로 8점을 올려주었다고 했다. 어찌 되었든 기분이 좋았고 고마웠다. 점심은 자장면을 시켜줘서 맛있게 먹었다. 답안지 채점을 모두 마치고 오후 늦게 집으로 돌아오려는데 음악선생이 갑자기 끌어안았다. 그리고 온몸을 더듬으며 얼굴을 비벼댔다. 순간 당황했고 놀랐으며 정신이 번쩍 들었다. 강후남은 있는 힘을 다하여 음악선생의 팔을 비틀어 밀치고 위기에서 벗어났다. 그리고는 뒤도 돌아보지 않고 도망치듯 집으로 돌아왔다.

그 다음부터 학교에 가는 게 두려웠다. 공부도 하기 싫어졌다. 그러던 차에 아버지가 어로작업을 나갔다가 풍랑을 만나 실종되었다. 도저히 더 이상 학교에 다닐 수가 없었다. 음악이 제일 자신 있는 과목이었는데 그 후로는 노래도 부르지 않고 살았다. 그런 일만 없었어도 중학교 졸업장은 땄을 것이고, 중학교 졸업장만 있었어도 식모살이나 버스차장 같은 궂은일은 안 하고 살았을 생각을 하면 지금도 치가 떨린다.

강후남이 두 친구에게 들려준 이야기의 줄거리였다. 숨겨두었던 어두운 과거를 털어놓은 그녀의 표정은 드디어 후련해 보였다. 깊게 파였던 실주름이 퍼진 듯한 그녀의 얼굴에는 그동안 참아냈던 눈물이 봇물 터진 듯 철철 흘러내렸다. 그렇게 눈물을 흘려야 할 인간들이 강후남뿐만은 아닐 터, 그네들 대부분은 눈물을 흘릴 기회조차 얻지 못하고 세상을 버티느라 힘겨워하고 있을 거였다. 미성년자를 유혹하여 또 다른 강후남을 만들어 낸 자들은 지금 이 순간에도 그랬던 사실조차도 의도적으로 망각한 척하면서 인격이라는 가면을 쓰고 탄탄대로를 활보하고 있다. 그런 후안무치들이 곳곳에서 거들먹거리는 세상이다.

"그런 일이 있었구나. 그런데 너 참 잘 이겨냈다."

윤진숙이 강후남의 손을 잡으며 위로했다.

"요즘 같으면 그 새끼 미투 감이다. 벌써 콩밥 먹었을 거다. 그런 새끼 지금이라도 잡아다 매장시켜야 한다!"

김현덕이 흥분하여 손바닥으로 테이블을 내리쳤다.

"그 제비족 같은 음악선생? 그자, 나 졸업하던 해 늦봄에 목포역전

뒷골목에서 깡패들에게 맞아 죽었다더라. 후남이 너한테 진 죄값이 었는가 보다. 무척 오랫동안 섬마을이 뒤숭숭했었다. 그나저나 우리 그런 이야기는 그만하자. 그런 것 저런 것 모두 극복하고 이렇게 꿈에 그리던 한양까지 진출하여 잘들 살고 있으니 어쩜 우린 복 받은 인생이다. 그 슬프고 억울한 과거를 들추어내면 또다시 우린 슬프고 억울한 인생이 된다. 앞으로는 우리 좋은 이야기만 하자! 그리고 후남이 네가 우리 셋 중에서 자랑거리도 제일 많고 멋지게 살고 있잖니. 그럼 된 것 아니냐?"

윤진숙이 눈물을 글썽이며 강후남의 두 뺨에 흐르는 눈물을 닦아주었다.

"그래, 그까짓 중학교 졸업장 없는 거 자책하지 마! 고등학교 졸업한 우리보다 네가 더 돈도 많잖니. 애들도 효성스럽고, 난 네가 부러워 죽겠다. 그건 그렇고, 그 새끼 분명 지옥으로 떨어졌을 거다. 이 세상에 아직 살아 있는 그런 새끼들 모조리 그렇게 뒈져야 마땅하다!"

김현덕도 그 특유의 손짓을 해가면서 강후남을 위로했다.

그렇게 세 친구가 만나면 곧바로 다시 꿈도 많고 한도 많았던, 가랑잎만 굴러가도 까르르 웃음보를 터뜨리던 시절로 돌아가 버렸다. 그 시절 알게 모르게 그냥 지나쳤던 사실들이 속살을 드러냈고, 요조숙녀라 믿었던 학우들의 부끄러운 뒷모습들도 생생하게 되살아났다. 그러다 보니 과거에 이렇게 저렇게 연관 되었던 이들 중에 온전한 이는 아무도 없었다. 특히, 김현덕이 거론하는 이들은 하나 같이 야비

하고 음흉하며 악질이었다. 김현덕은 세상만사를 아주 짙은 색안경을 끼고 보는 습관이 붙어있었다. 모든 것에 비판적이고 부정적이며 감정적이었다. 한편, 강후남은 중학교도 졸업하지 못했다는 자격지심이었는 지는 몰라도 다양한 자랑거리를 들춰내어 자기를 과시하기에 바빴다. 그런 두 친구들과는 달리 윤진숙은 좀처럼 속내를 들어내지 않고 나대지도 않았으며 오히려 날이 갈수록 말수가 줄어들고 있었다.

그날도 남도의 세 친구들은 김현덕이 운전하는 신형 소나타를 타고 동구릉 부근의 이탈리안 레스토랑으로 점심을 먹으러 갔다. 기다렸다는 듯 자리에 앉자마자 강후남이 먼저 또 자랑을 늘어놓기 시작했다.

"돌아오는 겨울방학 때 우리 딸이 부라질 리오데자네이루 가자는데….."

"우리 애들도 파리에 가자는 걸 싫다 했어. 좌석도 비좁고…. 이제는 너무 힘들어."

김현덕이 뒤질세라 윤진숙을 힐끔거리며 끼어들었다.

"그래서 우리 딸은 비즈니스석으로 준비한다나….."

강후남은 비즈니스석과 리오데자네이루에 힘을 주었다. 강후남과 김현덕, 두 친구의 자랑 질은 꼬리에 꼬리를 물었고, 윤진숙은 두 친구들의 표정을 조심스럽게 살피면서 이야기를 듣는 척 속으로는 다른 생각을 하고 있었다.

사실 남편 권오윤 회장의 은퇴 기념으로 지중해 크루즈여행을 한 달간, 남편의 친구들 모임에서 부부 동반으로 유럽 여행을 한 차례, 손자 첫돌 기념으로 중국에 한 번 다녀온 게 해외여행의 전부였던 윤진숙은, 두 사람의 대화에 끼어들 여지가 별로 없었다. 그리 부럽다는 생각은 들지 않았으나 그냥 대화를 이어갈 소재가 궁한 게 답답했고, 비현실적이며 진정성 없는 친구들의 소행머리에 거리감이 느껴지고 있었다. 강후남의 도가 지나친 자랑질이 역겨웠고, 김현덕의 허풍과 우격다짐에 은근히 반감이 치밀고 있었다. 어릴 적 강후남이 아니었고, 파란 꿈을 그리며 하늘을 쳐다보던 여고 시절의 김현덕은 이미 아니었다. 그래서 그런지 시간이 흐를수록 남도의 세 친구들 만남은 매끄럽지 못했고, 어느 때는 언쟁 직전까지 악화하는 때도 있었다.

그렇다고 어느 누구도 그 분위기를 순정의 세계로 전환시키려는 노력을 하지 못했다. 그렇게 세월은 속절없이 흘러갔고, 그러면서 그네들은 그 또래의 다른 무리들과는 그래도 격이 다르게 노후의 시간을 즐기고 있었다. 그만하면 그 또래의 다른 이들이 근접하기 어려운 역동적인 삶을 즐기고 있다고 해도 과언은 아니었다. 그러나 그런 어울림은 반년도 채 되지 않아 서로의 특색이 노골적으로 드러나면서 서서히 새로운 국면으로 접어드는 조짐을 보였다. 그 특색이라는 것은 애당초 타고난 것이기도 하고 모질고 거친 세월을 버텨내면서 만들어진 생존의 방식이기도 했는데, 그런 방식은 어느 누구도 탓을 하거나 끼어들기 어려웠다. 한 인간의 인생관으로 고착된 것이기에 더욱 그랬다. 그건 따지거나 탓하지도 말고 그냥 넘겨버려야 분란이 생기지 않는 성질의 것이었는데, 사실 그렇게 방관하거나 방치하는 것조차도 그네들의 세계에서는 그리 쉽지 않았다. 결국은 틈이 생기게 되었고 그 틈으로 물은 남모르게 스며들고 있었다. 그 물은 틈을 더욱 벌려놓아 새로 작은 골짜기를 만들고 그런 작은 골짜기들이 만나서 만들어진 실개천들이 또 이리 만나고 저리 합쳐져서 거대한 물길이 되면, 아무리 견고한 제방이라도 끝내는 터져버리고 말 터였다. 세상만사는 다 그렇게 되어 큰 변화를 일으키고 결국은 복구하기 어려운 상태에 빠져버린다. 남도의 세 친구들 어울림은 은연중에 그런 상황으로 빠져들고 있었다.

자랑질이 도가 지나치긴 했으나 강후남은 남다른 데가 있긴 했다. 그건 이 삭막한 세상을 살아가는 인간들 모두가 주목할 필요가 있다는 걸 알려주고 싶은 남다름이었다. 그건 언제 어디서나 자식 험담은 절대로 하지 않는다는 것이었다. 자녀들에 대하여는 모든 게 칭찬 일색이었다. 그녀의 말대로라면 자식은 모두가 천사요 효자였다. 강후남에게는 사위도 그런 사위가 없고 며느리도 그런 효부가 없었다. 사돈들 하고도 관계가 매우 돈독하여 적어도 한 분기에 한 번씩은 고급 레스토랑에서 오찬을 함께 하고 있다고 했다. 정말인지 가증스러운지는 모르지만 강후남은 입버릇처럼 그렇게 떠들어댔다.

그날도 강후남은 두 친구를 향해 추호의 망설임 없이 내뱉는 것이었다.

"우리 사위는 맏아들처럼 든든하고, 며느리는 딸처럼 임의로워! 예뻐 죽겠다니까…."

윤진숙은 과연 그게 어디까지 가능한 것인가를 머릿속으로 가늠해 보면서 강후남의 얼굴을 쳐다보았다. 강후남의 얼굴은 부처님처럼 평화로워 보였다. 마음을 지어먹고 하는 이야기는 아닌 것 같았다. 그러나 다혈질의 김현덕은 큰 소리로 반박했다.

"그런 소리 하는 인간들 모두가 다 위선이야. 사위는 사위일 뿐이고, 며느리는 어디까지나 며느리일 뿐이지, 어찌 내 배 아파 받아낸 딸이고 아들과 같겠나!"

강후남은 김현덕의 반박에 한 치도 물러서지 않았다.

"이제는 생각들을 바꿔야 해. 내 새끼와 살 섞고 살면 내 아들이고 내 딸이지 뭐야. 괜히 긁어 부스럼 만들지 말고 서로 믿고 이해하고 존중하면서 베풀면 집안이 구순하고 집안이 구순 하면 밖에 나가 하는 일들이 잘 풀리고 그러는 것 아닌가! 그 중심에 부모가 있다는것이고. 어떤 관계든지 백 프로 만족은 없잖아. 웬만하면 참고 역지사지해야. 손주 돌보는 문제도 그래. 뻔뻔히 놀면서, 떼 지어 태국으로 중국으로 관광은 다니면서, 용돈은 목 빠지게 기다리면서, 그 어린 것들이 이 학원 저 놀이터로 이끌려 다니며 조선족에게 어떤 대우를 받는지도 모르고…. 내가 아는 어느 집은 그래서 아들이 직장을 그만

두었대. 며느리 월급이 더 많았던 거야. 아들이 집에 틀어박혀 애나 보고 있으니 얼마나 한심하겠어. 그 늙은이 그때야 정신이 든 거야. 진작 손주를 데려다 키워줄걸, 하고 가슴을 치며 후회하더라."

윤진숙과 김현덕은 강후남의 열변에 아무 말도 할 수 없었다. 할 말이 있을 수 없었다. 강후남은 진심이었고 현실은 그녀의 말 그대로였으니까.

"한심한 년들 같으니라구!"

강후남은 계속해서 열을 올렸다. 너무도 진지하고 너무도 흥분한 것 같아 누구도 선뜻 나서지 못했다. 저런 특별한 구석도 있구나 생각하며 윤진숙은 강후남의 열변에 귀를 기울일 수밖에 없었다. 강후남의 그 위세에 두 친구는 숨조차 제대로 못 쉴 정도였다.

"새끼들 살림 돌보는 문제도 그래. 돌볼 수 있으면 돌봐 줘야지, 죽으면 썩을 몸인데 뭘 그리 아끼는지? 딸네 집에 가서는 온갖 궂은일을 다하고, 며느리 살림은 나 몰라라 하는 태도는 잘못돼도 한창 잘못된 것이지. 그렇게 하다가 결국은 큰 벌을 받고 말걸. 내가 볼 때 요즈음 시어미들은 눈치만 늘어가지고 며느리에게 잘못 보이지 않을 꿈수만 부리고 있어. 잘못 보이면 늙어서 버림받을 테니까. 나나 너나 생각부터 바꾸어야 해. 내가 볼 때 고부 관계에서는 시어미부터 달라져야 하고, 모녀 관계에서는 딸년부터 달라져야 해. 그런데 오해는 하지 말아 줬으면 좋겠어. 그냥 그렇다는 이야기니까. 나는 이미 달라졌으니까. 내 자랑 같지만 우리 딸도 그만하면 백 점 만점을 줘도 좋다는 생각이니까. 괜히 흥분했네. 젠장!"

강후남은 겸연쩍은 듯 가볍게 웃어 보였다.

윤진숙은 생각했다. 강후남의 말에는 새겨들을 만한 게 없지 않다고, 그러나 강후남은 분명히 도가 지나치다고. 강후남의 일장 연설을 떫은 표정으로 듣고 있던 김현덕이 이해할 수 없다는 듯, 자리를 고쳐 앉더니 자식들 험담을 늘어놓기 시작했다. 김현덕의 말로는 우선 아들은 아무 소용이 없다는 거였다. 요즘은 딸이 있어야 한다고들 하지만 딸이 있다고 해서 크게 달라지는 것도 아니라는 거였다. 그래서 김현덕은 부모로서 자식에 대한 도리는 다하되, 자식을 위해 희생할 필요는 절대로 없다고 열변을 토했다. 아들네 집에 가서도 자기는 손하나 까딱하지 않는다 했다. 냉장고 문도 열어본 적이 없고, 손주들 기저귀 한번 갈아준 적이 없다 했다.

"그러면 딸 산바라지는 누가 했어?"

강후남이 한심한 듯 물었다.

"조리원에서 했지. 첫애 때 이백 줬고, 둘째 때 이백오십 줬지. 그만하면 할 도리 다한 거 아닌가?"

김현덕은 당연한 듯이 어깨를 으쓱했다.

"모든 걸 돈으로 해결하는군!"

강후남이 윤진숙을 힐끔거리며 또 빈정거렸다.

"나는 자원봉사는 할지언정 손자나 손녀 돌보는 일은 절대로 안 한다 했어!"

김현덕은 다시 한번 어깨를 으쓱해 보였다.

"그러다 다치기라도 해봐. 엎어져서 무릎이라도 깨져봐. 그것들 눈이 뒤집힌다고. 우리 교회 권 집사라고 있는데, 어느 날 손자가 놀이터 미끄럼틀 난간에 부딪혀서 이마가 살짝 까지고 코피가 났대. 며느리가 그걸 보더니 미친개처럼 으르렁거리더라는 거야. 병신 같은 늙은이라고 개 욕을 하며 삿대질까지 하더라는 거야. 요새 젊은 놈들지만 알지 부모고 뭐고 없다니까!"

그러나 윤진숙은 김현덕의 그런 태도는 그렇게 바람직한 것은 아니라는 생각이 들었다. 인간에게 자식이라는 존재는, 아들이 필요하고 딸은 소용없다든가, 아니면 딸은 반드시 있어야 한다든가 하는 사고방식은 인류의 생태계를 무너뜨리는 지극히 위험한 발상일 뿐이라는 걸 가르쳐주고 싶었다. 그러나 윤진숙은 그만두기로 했다. 그저 답답할 따름이었다. 부모가 자식의 힘을 필요로 하면 그 자식은 따지지 말고 부모에게 지니고 있는 힘을 나누어 드려야 하고, 자식이 부모의 힘이 필요로 하면 그 부모는 건강과 재력이 허락하는 한 그 자식에게 힘을 실어주어야 한다는 게 윤진숙의 사고방식이었다. 부모와 자식 간에는 절대로 타산적이지 말아야 한다. 아울러 서로가 의존하려는 마음도 금물이고, 서로 책임을 전가하는 것도 볼썽사납다. 부모의 재산은 언젠가는 내 것이라는 발상도 위험천만이고, 노후를 자식이 부양할 것이라는 기대도 하지 않는 게 좋다. 그런데도 많은 사람들 그러한 타성을 버리지 못하고 그렇게 되지 않을까. 이 눈치 저 눈치 보며 전전긍긍한다. 그러한 생각이 견고하면 할수록 부모는 자식이 두려워지고 자식은 부모가 거추장스러워진다. 결국은 부모자식간의 진정한 사랑은 식어버리고 남남처럼 소원해지다가 가정은 파탄이 나버린다. 어느 누구라도 기대를 과도하게 하거나 상대방에 대한 기본적인 소임을 게을리하면 인간관계는 그렇게 허물어지게 마련이다. 한 번 허물어진 인간관계는 절대로 복원되기 어렵다. 관계가 허물어질 때 노출되는 속살이 너무도 혐오스럽고, 그때 튀어 오른 파편들이 너무 날카로워 돌이킬 수 없는 상처를 주기 때문에 더욱 그렇다. 그 깊은 상처는 아무리 고명한 외과 의사도 치료하지 못한다. 세월이 약일진대 그 세월이라고 것도 너무도 빨리 흘러가 그 상처가 아물기도 되기 전에 이 세상을 떠나가 버린다. 가장 좋은 방법은 예방일진대, 그것은 서로에게 기대와 의존을 최소화하는 것이다. 기대를 하나도 하지않는 게 제일 바람직할지도 모른다. 그냥 존재하는 것만으로 만족하는 것, 그게 가장 바람직하다.

윤진숙은 그렇게 생각하며 김현덕을 한심한 눈길로 바라보았다. 윤진숙이 바라보자 김현덕은 가일층 목소리의 톤을 높이기 시작했다.

"우리 애들은 결혼한 그다음 달부터 월 50만 원씩 용돈을 보내라 했어!"

김현덕은 한술 더 떠서 무슨 자랑이라도 하듯, 모두들 들어보라는 듯, 더 큰 소리로 떠들어 댔다. 그래서 세 애들로부터 월 150만 원이 꼬박꼬박 통장으로 들어온다는 거였다. 그렇게 강요해서라도 효도를 받아내야 한다고 그녀는 핏대를 올렸다. 윤진숙은 김현덕이란 친구는 참으로 무섭다는 생각이 또 들었다. 자식들의 처지는 도무지 안중에도 없었다. 가정을 갖고 있는 젊은이들이 친가에 그렇게 한다면 처가에도 그렇게 해야 할 텐데, 매달 그렇게 많은 돈을 고정적으로 빼낸다면 과연 그 애들은 미래가 온전할까. 집은 언제 장만하고 새끼들 학비는 어떻게 마련할 것인가. 하루 세끼 밥은 제대로 먹고 살 수 있을까. 윤진숙은 김현덕에게 무어라 한 마디 할까 하다가 또 그만두었다. 살벌할 정도로 섬뜩한 김현덕의 주장을 말없이 듣고 있던 강후남이 더 이상 참지 못하고 김현덕에게 대들었다.

"그건 너무하지 않아? 그러다 나중에 애들에게 버림받고 말아. 난, 자식들에게 효도 받을 생각을 따로 한 적은 없어. 그냥 내 속으로 나온 새끼들이 건강하게 제 밥벌이를 하면서 이 험한 세상을 열심히 살아가는 것만 보아도 기분이 좋고 배가 부르다는 것뿐이야. 절대로 강요된 효는 진정한 효일 수는 없어! 현덕이 너, 그럼 못써!"

그래도 김현덕은 물러서지 않았다. 효도를 받는 것은 부모의 포기할 수 없는 권리라고 목소리를 높였다. 그러면서 자기는 세 아이들이 효도를 어떻게 하느냐에 따라서 유산상속도 달리할 계획이라고 큰소리를 쳤다. 평소 효도의 정도를 평가하여 가장 효심이 깊은 애한테 재산의 절반을 물려주고, 나머지 반을 둘로 나누어서 줄 계획이라고 가족회의에서 공표했다는 것이었다. 그 소리를 들으며 윤진숙은 김현덕은 참으로 위험한 발상을 하고 있다고 단정했다. 자녀의 효심을 평가하기도 어렵거니와 공정하게 평가하는 방법도 찾아내기 어려울 것이었다. 세상만사가 다 그렇듯이 공정하지 않은 결과는 반발심을 일으키고 기존의 질서를 혼란에 빠뜨리는 원인이라는 걸 김현덕은 아직 잘 모르고 있다는 생각이 들었다. 공정이야말로 사회 안정의 기본 가치일진대, 많은 이들이 그것을 간과하고 있어 큰일이라는 생각이 머릿속에서 떠나지를 않았다.

"어찌 되었든 그렇게 하면 애들을 편애하는 거야! 그러다 큰일 나!" 강후남이 김현덕을 향해 타이르듯 말했다.

"후남이 말이 맞아. 너무 애들 몰아붙이지 마! 그러다 너, 정말 큰일 난다!"

윤진숙도 김현덕을 바라보며 경고 아닌 경고를 했다.

"무엇이 큰일 나? 네년들은 너무 천사인척해서 큰일이야. 난 우리 새끼들도 안 믿어. 인간은 누구나 다 위선으로 감싸져 있다고. 말만 번드레하게 한다고! 남편도 마찬가지야. 뭐든지 해주기만 바란다고…. 나는 저희들 키울 때 제일 좋은 것만 골라서 제일 먼저 먹이고 입혔는데, 이것들 가만히 보니까, 하는 꼬락서니가 부모는 늘 여차지인 거야. 어떤 때는 먹다 남은 것, 먹기 싫은 것, 누구한테 공짜로 얻은 것, 뭐 그런 게 생기면 가져가라 하는 거야. 솔직히 후남이 너, 지금 걸치고 있는 그 캐시미어 재킷 네 딸이 입다가 싫증 나서 버리려는 걸 뺏어 입은 거 맞지? 그것들 안부 전화도 자주 안 한다니까. 아마도 그것들 내가 치매라도 걸리면 당장 시설에 집어넣고 말거야. 우리 영감이 중풍으로 쓰러지니까 요양병원에 입원시켜야 한다고 나서는데 도저히 못 당하겠더라고! 저희가 그렇게 하는데 다 늙어가지고 끝없이 베풀 수만은 없는 거 아냐? 그렇게 안 해도 살아갈 수 있도록 만들어줬으면 되는 거 아니냐고!"

김현덕은 얼굴까지 일그러뜨리면서 자식들 험담을 이어갔다.

강후남은 김현덕을 빤히 쳐다보며 입고 있는 캐시미어의 옷깃을 여미었고, 윤진숙은 부모와 자식 간의 문제는 풀기 어려운 고차 방정식이라 생각하면서 김현덕의 흐트러진 심기를 달래놓기 위하여 화제를 돌렸다.

"현덕이 네 말도 일리는 있다. 다만 네가 좀 지나치다는 말이다. 그러지 말고 내일 맛있는 점심이나 사라! 그렇게 많은 용돈을 어디에 쓰냐?"

그러나 심기가 극도로 뒤틀린 김현덕은 가타부타 대답도 않고 핸드백을 거머쥐더니 갑자기 악에 받친 소리를 질러댔다.

"팔자 좋은 윤진숙! 세상 잘난 강후남! 네 년들, 너무 고상한 척 천사처럼 굴지 마! 죽을 때까지 새끼들한테 충성하며 천년만년 싫건 살아 봐! 이 사악한 년은 이제 지옥으로 가야겠다!"

그 소리가 얼마나 크고 모질었던지 레스토랑에서 식사를 하던 이들이 일제히 포크를 떨어뜨릴 정도였다. 그네들 바로 옆 테이블의 어떤 심약한 여인은 들고 있던 포도주잔을 대리석 바닥에 떨어뜨렸다. 유리잔은 박살이 났다. 쨍그렁! 그 소리에 홀 안의 모든 사람들이 소리 나는 쪽으로 고개를 돌렸다. 그러나 김현덕은 뒤도 안 돌아보고 발을 탕탕 구르며 식당 문을 나가버렸다. 그러다 되돌아오겠지 생각하며 윤진숙과 강후남은 김현덕을 목 빠지게 기다렸다. 리필 커피를 세 잔씩이나 마시며 한 시간을 넘게 기다렸다. 강후남은 수없이 김현덕의 휴대폰 번호를 눌러댔다. 그때마다 똑같은 소리가 들렸다. 휴대폰의 전원이 꺼져있습니다. 그렇게 김현덕은 끝내 다시 나타나지 않았다. 결국 윤진숙은 남편 권오윤 회장이 자가용을 직접 몰고 와서 데려갔고, 강후남은 콜택시를 불러 타고 집으로 돌아갔다. 그 후로 남도의 세 친구들은 이 세상 어디에서도 다시 만나지 못했다. 저승에 향우회가 있다면 거기서나 또다시 만나게 되려는지?

하 광 순

무덤을 깨고 나온 아이

〈문학秀〉 소설부문 등단, 신인문학상(제3호)
〈한국시〉 시부문 신인상 등단(1993)
자유문학상 시부문 은상
〈에세이포레〉 수필부문 신인상
징검다리 수필문학 작품 우수상
전북문인협회, 광주징검다리수필문학 회원
시집:《아직도 그대의 등 뒤》

무덤을 깨고 나온 아이

　오늘도 빌다시피 하여 겨우겨우 친구들의 놀이에 끼어서 놀 수 있
는 기회를 얻게 되었는데 해가 어둑어둑해지자 무덤 생각에 맘이 급
하여 술래잡기를 하다가 삼베 바지에 방귀 새듯 슬그머니 빠져나와
집으로 향했다. 당분간은 친구들이 놀이에 끼워 주지 않을지도 모르
지만 어쩔 수 없는 사정이라는 것이 나에게도 있었다.

　우리 집은 꽃이나 소나무가 있을법한 산등성이 언덕에 있었다.

　산등성이 언덕이라는 말이 언뜻 들으면 낭만적으로 들리기도 한다.

　사선斜線의 능선을 풍성한 치마를 입은 여자가 하늘 닿는 양산을 쓰
고 걸어가는 모습은 어린 나에게도 뭔가 낭만적인 감성의 세포를 자
극하기에 충분한 것 같았다.

　하지만 가슴을 밀어내는 거센 바람을 맞으며 가파른 언덕을, 그것
도 양손에 무거운 물건을 들고 걸어 올라간다는 것은 정말 숨 가쁜 일
이 아닐 수가 없다. 더구나 지친 몸으로 변환된 오후 늦은 시간대의
몸을 이끌고 매일 그래야 한다면 참으로 비루한 삶인 것이 분명한 것
이었다. 그러나 나를 정말 힘들게 한 것은 그것뿐만이 아니었다.

가난한 아이들이 훨씬 더 귀신이나 무서움 등에 약하다는 생각이 들어 아닌 척, 용감한 척을 해 대기는 했지만, 아랫동네 친구들과 신나게 놀다가도 이른 귀가를 서두르는 이유 중 하나는 집으로 가는 도중에 떠억 하니 놓여 있는 몇몇 무덤들 때문이었다.

무덤이 가져다주는 무작정적인 공포와 두려움은 날이 어둑어둑해지면 배로 증가하기 때문에 그나마라도 밝은 시간에 사람들과 함께 어울려 같이 묻어가는 것이 훨씬 맘이 편안했기 때문이었다.

산등성이 높은 집 마루에 앉아 있으면 부자들이 사는 아랫마을에 기와지붕이 발아래에 펼쳐져 있었다.

그중에는 나와 편짜고 놀다가 나 때문에 패하게 되었다고 늘 나를 곁눈질하는 남순이네 집도 있었고 나하고 혹여 한 편이 되면 놀다가 슬그머니 사라져 버린 나를 노골적으로 싫어하여 아예 놀이를 하지 않겠다고 선언해 버리는 명자네 집도 있었다.

그래도 친구들이 끝까지 왕따를 시키지 않은 이유는 단 하나, 나는 모든 놀이에서 에이스에 역할을 톡톡히 해내기 때문에 내가 놀다가 소리 소문도 없이 사라져버리지만 않는다면 내가 속해 있는 쪽이 놀이에서 이길 승률이 훨씬 높기 때문이기도 하였다.

그 외 몇몇 친구들 집이 있었지만, 항상 나의 발을 멈춰 서게 하는 집은 아랫마을 기와집에 큰 대문집이었다. 그 집 앞을 지나올 때마다 대문 안에 있는 잘 가꿔진 정원이 산등성이에 지천으로 피어 있는 꽃들보다 훨씬 더 근사하고 멋져 보였고 특히 잔주름 하나 없이 빨랫줄에 가지런히 널려 있던 하얀 이불 홑청이 바람에 찬란하게 빛을 내며 살랑거리면 나는 무희를 바라보듯 한참 씩 발걸음을 멈추고 숨을 죽이며 그 집 앞에 서 있고는 하였다.

어쩌면 이불 홑청 빨래가 촛농처럼 저리도 희고 저리도 하얗게 눈이 부실 수가 있을까?

부유한 집 안에 모든 것들은 원래 눈이 부시는 것일까?

가끔 지팡이 위에 두 손을 가지런히 모으고 앉아 계시던 할아버지에 수염마저도 어느 날은 깊은 산꼭대기 나뭇가지 위에서 햇살 받아 빛 발하는 눈송이처럼 하얗게 반짝여서 어린 나에게 사람들이 부유함이 무엇이냐고 물었다면 나는 가차 없이 모든 것이 하얗게 반짝반짝 빛나는 것이라고 대답을 했을 것 같았다. 그리고 그 대문 안에 사는 사람들은 영원히 그 모습 그대로 죽지도 않고 살 것 같았다.

담장은 길과 집의 경계를 확실하게 구분하여 완전한 누구의 것이라는 소속감을 주는 것인지 큰 대문집 안에 피어 있는 꽃들도 아무 곳에서나 그냥 피어 있는 꽃들보다 당당해 보였고 가뭄에도 빳빳하게 허리 편 줄기가 도도해 보이기까지 하였다. 그뿐인가 길 쪽 땅이나 빈 마당의 땅이나 그저 담 안과 밖일 뿐인데도 안쪽에 있어 마당이라는 이름을 갖은 땅은 위엄이 있고 근사해 보였다.

나는 굳이 길가에서 잘 자라고 있는 꽃을 꺾어 내가 사는 집 마당에 심어본 적도 있었고 주변 돌멩이들을 주워 모아 측량도 없이 그냥 길

과 우리 집 사이에 길게 쭈―욱 꽃처럼 심어보기도 하면서

나는 담이 있는 집에 권위를 만들어 보려고 나름 어떤 노력을 했었다.

어찌어찌 언니와 약속이 되면 모르지만 그렇지 못한 오늘 같은 날은 우리 동네에 사시는 낯익은 어른들의 얼굴이 눈에 띄면 여하를 불문하고 그분들의 뒤에 바짝 붙어서 무덤가를 무사히 지나쳐 가는 것, 나는 친구들에게 다음날 당하게 될 수모를 감내하고라도 그쪽을 택하곤 하였다.

시장에서 장사를 하시기 때문에 항상 귀가가 늦은 엄마를 기다리며 작은 언니와 나는 마루에 앉아 동요부터 가요까지 우리가 아는 노래라는 노래는 모두 다 부르며 엄마 오시기만을 기다리는 것이 잠자기 전 우리 일과의 마지막이었다. 그날도 작은언니와 나는 마루에 앉아 노랫가락에 맞춰 발을 흔들거리며 아랫마을을 바라보고 있었다.

병풍처럼 마을을 감싸던 석양이 사라진 지 얼마나 지나간 후일까?

큰 대문집 기와 지붕 위에서 불꽃이 빙빙 돌기 시작하였다.

"언니야 보름이 아니어도 쥐불놀이하는 거야?"

"글쎄, 갑자기 왜? 누가 쥐불놀이 한대?"

"저기 저 기와지붕 위로 불덩이가 휘휘……"

하는 순간 불덩이가 순식간에 사라져 갔다.

"어? 어?"

"왜?"

"아니, 금방 저 지붕 위에서 큰 불덩어리가 빙글빙글 돌았거든……"

"어디? 없잖아, 너 심심해서 괜히 날 놀리려고 거짓말하는 거지?"

나는 미치고 폴짝 뛸 지경에 이르는 일을 겪고 있었다.

내가 도깨비불을 본 것인지 그도 아니면 그냥 헛것을 본 것인지 작은언니의 말에 억울한 것이 아니고 분명히 보았는데 보지 않은 것 같은 나 스스로가 더 환장할 노릇이었다.

언니는 괜히 무서움을 주기 위해 그러는 것이라며 내 옆구리를 살짝 꼬집고 방으로 들어가 버렸다.

온통 어두컴컴한 이른 봄밤을 엄마도 없고 담도 없는 마루턱에 혼자 걸터앉아 있다는 것이 허공에 매달려 있던 끊어지고 찢기어진 연 같다는 느낌이 들었던 것과 나보다 더 겁보인 언니밖에 믿을 사람이 없다는 현실이 너무나 의지가지 없었고 조금 전에 내가 보았지만 믿어지지 않는 환영 같은 현실들 또한 귀신 굴에 들어와 있는 것처럼 등골을 오싹하게 하여 그래도 서둘러 언니를 따라 방 안으로 들어갔다.

오늘따라 엄마는 왜 이리 늦으신 것인가?

서울 전자 공장으로 돈 벌러 간 언니가 너무나 그리웠다. 그래도 큰언니가 있으면 이런 저녁 얼마나 위안이 되는데…….

우리는 언제쯤 무덤가를 지나지 않아도 되는 마을에서 살게 될 것이며, 나는 언제쯤 그런 무덤 따위는 눈썹 하나 까딱 안 하고 어두컴컴한 밤에도 집에 혼자 올라 올 수 있을까?

나는 몸을 최대한 작게 말아 이불 속에 구겨 넣고 있다가 잠이 들었다.

그 때문이었을까 작은 항아리 같은 곳에 온몸이 쑤셔 박힌 채 빛을 향해 몸부림치는 꿈을 밤새 꾸다가 아침을 맞았다.

다음 날 아침 엄마는 우리들에 밥상을 부뚜막에 올려놓고 먼저 공판장에 나가신 모양이었다.

"언니야 너 학교 끝나고 바로 올 거야?"

"아니, 너 먼저 집에 와 오늘 친구 집에 가기로 했어."

"그럼 혼자 늦게 올라오려고?"

"아니? 친구 오빠랑 친구가 같이 데려다주기로 했어."

"언니야, 그럼 나도 언니 친구 집에 같이 있다가 오면 안 될까?"

"안 돼?"

"왜 안 돼?"

"그냥 안 돼"

"얌전하게 있을게, 응? 언니야"

없는 아양까지 내보이며 언니에게 매달려 보았지만, 언니는 매몰차게 거절해 버렸다.

나는 어제 보았던 아랫마을에 불덩어리가 자꾸만 마음에 걸려 있어서 설령 일찍 집에 온다 하더라도 혼자 있기가 싫었던 것이다.

"너 혹시 어제저녁에 헛것 본 것 때문에 무서워서 그래?"

"아, 아니야 그까짓 게 뭐가 무서워, 아니야!"

나는 엄마 얼굴을 보지도 못하였으므로 어제저녁 이야기를 물어보지도 못하였고 무서움도 무서움이지만 궁금함도 없지 않았으므로 오늘은 엄마가 장사를 일찍 끝마치고 돌아오셨으면 하는 마음이었다. 그리고 그것이 무엇인지 엄마에게서 해답을 들으면 뭔지 모를 무서움이 사라질 것 같기도 했었다. 확실하지 않은 것에는 항상 두려움이 먼저 시소의 무게중심을 기울게 하는 것이 나의 커다란 단점이기도 하였었다.

"너 일찍 와서 무서우면 큰방 아줌마네 가 있어"

"안 무섭다니까 내가 언니처럼 겁보인 줄 알아? 언니는 언니 그림자 보고도 놀라면서 뭐……"

"내가 언제?"

우리는 서로가 무섭지 않다고 또는 서로에게 겁쟁이라고 떠밀면서 등굣길을 나섰다

그래도 아침 등굣길에 무덤 옆을 지나가는 것은 훨씬 덜 무서웠었다.

무덤은 지나왔지만, 학교에 가까워질수록 어제 몰래 빠져나와 친구들에 놀이를 망쳐 놓았던 것에 핑곗거리를 찾느라 또 다른 고민으로 머리가 욱신거릴 지경이었다.

오늘은 또 무슨 변명을 진짜처럼 해 댈까?

거짓이 탄로 날 때 내가 아무리 고무줄놀이나 해바라기 놀이 등등을 잘한다 하더라도 나와 놀아주는 것에 대해 만만찮은 대가를 치러야 한다는 것을 나는 잘 알고 있었으므로 머릿속은 온통 표시 나지 않은 거짓말을 만들어내는 데 열심을 다하고 있었다.

"꼬마야 학교 가니? 서울 큰언니는 잘 있지? 니들 언니도 없는 집 장녀 노릇 하느라 애쓴다. 니들 나중에 크면 큰언니 은혜 잊으면 안 되는 것이여 알 것 지야?"

우리 집 사정을 잘 아는 성순이네 엄마가 우리를 챙기듯이 말씀하셨다.

옳다구나 그래 큰언니 핑계를 대자 서울에서 큰언니가 오기로 해서 집 안 청소를 말끔히 해 놓으라는 엄마의 말씀을 깜빡 잊고 있다가 갑자기 생각이 나서 급하게 올라가게 되었다고 말하면 되겠구나 싶었다.

교실 앞에는 명자, 춘숙, 남순, 민지가 팔짱을 낀 채 나를 노려보고 있었다.

가슴이 덜컹했다.

"너 질 것 같으니까 도망간 거지? 지면 우리들 가방 일주일 들어줘야 하니까 도망간 거잖아?"

"맞아 우리가 다 이겼는데 너 때문에 무효 돼 버렸잖아?"

내가 거의 다 우승 자리에 올려놓고 사라진다고 해도 나 없는 사이에 벌어지는 사실은 항상 내가 빠져나갔기 때문에 우리가 진 거라는 것이 아이들의 똑같은 대답이었다.

"거봐! 쟤는 같이 놀지 말자고 내가 그랬잖아?"

"그래 앞으로 절대 너는 우리들 놀이에 끼워 주지 않을 거야, 너랑은 안 놀아, 흥"

"아 - 정말 미안해 실은……."

내 말이 채 끝나기도 전에 아이들은 쌩하니 돌아서 교실로 들어가 버렸다.

(아 - 무덤만 아니면 진짜 내가…….)

못되면 다 조상 탓이라는 말처럼 들릴지는 모르겠으나 나로서는 그 무덤만 아니라면 친구들 사이에서 뻥뻥거리며 무엇이든 일등 할 자신이 있었고 내 친구들이 서로 더 많은 친밀감을 갖기 위해 나를 에 워싸고 나를 칭송하리라는 것을 나는 너무나 자신 있게 예상하고 있 었기에 거절당하거나 소외당하는 이 속상한 마음은 무서움과 거의 맞먹은 무게로 나를 괴롭히고 있었다.

나는 학교를 파하고 중학생인 언니 학교 앞까지 꽤 많은 거리를 걸 어서 언니가 파하기만을 기다리고 있었다.

학교 앞은 겨울 새벽녘 소변보다 내려다본 아랫마을처럼 마냥 고 요했다.

나는 언니가 다니는 중학교 교정 안으로 들어가 멀거니 혼자서 하 늘을 바라보았다. 친구들에게 제외 돼 버린 지금 내가 할 일이라고는 언니를 기다렸다가 언니를 졸라서 함께 움직이는 것뿐이었으므로 딱 히 다른 할 일이 없었다.

어제 늦은 시간에 혼자 마루에 걸터앉아 있던 때의 느낌이 그대로 되짚듯 살아났다.

가슴이 뭉글뭉글해지면서 눈물이 나오려는 것을 억지로 참아내기 위해 마른침을 꾸역꾸역 삼켰다.

철거민들이 쫓겨나서 모여 있는 산꼭대기에 살면서 겁보라는 사실까지 들키고 나면 나는 지금보다 훨씬 더 아무것도 아닌 것이 될 것 같아서 얼마나 애를 쓰는데 어젯밤 그 빨간불 덩어리는 무엇이었을까 내가 겁보여서 귀신이 나에게만 보이는 것인가.

나는 맨발에 고무신을 신고 발목까지 빠지는 눈 위를 걷는 것 같은 시리고 시린 추위에 아픔을 느끼며 시리지도 않은 발을 동동거려 보았다. 그 후로도 가끔씩 오롯이 혼자라는 느낌이 들 때면 나는 발이 시리게 아팠다.

아빠가 부재중이던 우리들에게 엄마는 아빠의 대역이었고 지금 생각해 보면 그때 나나 큰언니나 별 다를 바 없었을 것이다. 어쩌면 큰언니는 나보다 수십, 수백 배 더 많은 애를 쓰며 용기를 쥐어짜서 엄마를 대신하고 있었을지도 몰랐다.

나는 엄마가 늦게 돌아오신다고 하여도 큰언니가 있었으므로 무서울 것이 없었다. 무서움은 항상 큰언니에 몫이었고 안락하고 평안한 것만이 내 몫이었다.

언니만 있으면 나에게 있는 어떤 문제도 다 해결이 되었던 것이다. 칭얼거리면 업어주고 배 아프면 쓸어주고 오르막길은 끌어주고 무덤 옆자리도 언니가 다 막아주었으므로 나에게 언니는 아랫마을 큰 대문 집 담벼락처럼 안정감 있고 아늑한 존재였다.

언니가 서울로 떠나고 얼마 뒤 몇 날 동안 눈발이 날렸고 산등성이 오르막길을 두 발 오르면 한발 미끄러져 가며 올라오는데 어디 한 군데 손잡을 곳도, 누구 하나 의지할 곳도 없다는 사실에 멀지도 않은 그 길을 천 리 길처럼 올라오면서 갑자기 큰 언니가 옆에 없다는 것에 기를 쓰던 만큼의 설움이 밀려왔었다.

지금 생각해 보면 큰 언니도 어둑어둑한 무덤길 옆을 아무렇지도 않은 척 나를 데리고 다녔지만, 언니라고 무섭지 않았을 리가 없었다.

언니도 기껏 해 봐야 나보다 몇 년 빠른 출생이었을 뿐이었으므로…….

너무나 높은 하늘과 텅 빈 운동장이 내 마음을 달래주기는커녕 오히려 울먹임을 부추기고 있어서 작은언니네 학교가 싫었다.

무덤이 주는 무서움만 아니었더라면 나는 지금쯤 아이들과 고무줄 놀이며 공기놀이 등을 하면서 놀이보다 더 신나게 부러움과 시샘의 눈초리를 받으면서 으쓱해지는 그 맛을 보고 있을 터인데 땅따먹기며 삔 따먹기며 무엇 하나 못할 게 없는 내가 그깟 무덤 때문에 이게 무슨 일이란 말인가, 나는 가까이에 있는 작은 언니보다도 멀리 서울에 있는 큰언니가 너무나 그리웠고 필요했었다.

괜히 콧구멍이 실룩거려질 무렵 적막했던 운동장이 시끌벅적해지면서 언니들이 저수지 포문 열리 듯, 한 움큼씩 쏟아져 나왔다. 다들 비슷비슷해 보이는 교복사이어서 내가 언니를 찾는 것보다는 언니가 나를 찾는 것이 훨씬 빠를 것 같아 운동장 가운데 서 있었다.

아니나 다를까 언니가 나에게로 다가왔다.

"너 집에 안 가고 왜 여기 있어?"

나는 아무 말도 할 수 없었다. 내 사정을 빤히 알고도 남을 언니가 아무것도 모르는 양 냉정한 목소리로 물어오니 갑자기 목구멍이 막혀버렸기 때문이었다.

나는 급기야 그렁그렁 눈물방울을 매달고 언니를 쳐다보았다.

"너 왜 울어 창피하게 어서 집에 가라니까 아침에 이야기했잖아 언니 오늘 친구 집 간다고."

아무리 내가 말하지 않는다고 하더라도 한 탯줄에서 태어난 우린데 내가 어제 그 황당한 불덩이를 보고 친구도 없이 언니도 없이 무덤가를 지나가기가 얼마나 싫고 무서워하는지를 이리도 모른단 말인가 나는 그 자리에 발 뻗고 엉엉 울고 싶었다.

언니는 나를 등 떠밀다시피 하여 교문 밖으로 나와서 나에게 어서 집으로 가라는 손짓만 남기고는 매몰차게 친구와 함께 가버렸다. 밀물 때를 놓치고 갯벌에 서버린 아직 포구에 닿지 못한 배처럼 나는 그냥 그렇게 운동장에 서 있었다. 눈물 속에 배인 두려움을 이기는 것은 고사하고 어떻게든 여기서 빠져나가야 한다는 것이 유일한 내 생존 방법이었으므로 나에게 내 눈물을 들키지 않는 것조차도 지금에 나로서는 전투 같았다.

나는 하는 수 없이 시장 어딘가에 있을 엄마를 찾아 양동 시장 쪽으로 발길을 옮겼다.

엄마의 장사가 끝나는 너무나 늦은 시간까지 기다리다 숙제를 못하거나 잠이 쏟아지는 것을 참아야 하는 고통을 감수하여야 하지만 엄마를 만날 수만 있다면 집에 올라가는 천군만마는 물론이거니와 달달한 팥죽이나 주변에 같이 장사하시는 아주머니들에게 재수가 좋으면 이것저것 맛있는 군것질거리를 받아먹을 수가 있었다.

그러나 만약에 엄마를 만나지 못하는 날에는 시간만큼의 낭비와 가슴이 하염없이 비워지는 막막한 허전함을 감수해야 하며, 어둑어둑한 무덤가를 지나가야 하므로 돌아가는 길이 몇 곱절은 힘들어진다는 사실까지도 감안하여야 하는 계산을 빈틈없이 잘해야만 하였으므로 엄마라는 비장의 카드를 매번 쓸 수만도 없는 일이었다.

나는 시장으로 가는 동안 내내 엄마를 쉬이 만날 수 있기만을 내딛는 걸음걸음마다 기도하였었다.

엄마는 쌍둥이 아줌마네 포목점 앞에서 주로 자리하고 계셨었다.

그러다가 장사가 맘처럼 되지 않는다 싶을 때면 손수레를 끌고 이마을 저 마을 대문 앞까지 손님을 찾아다니시는 것이었다.

오늘은 제발, 오늘은 제발을 골백번도 더 되뇌며 도착한 곳에는 엄마가 보이지 않았다.

나는 온몸에서 기운이 흐물흐물 죄다 빠져나가는 것 같았다.

금방이라도 털썩 주저앉아 엉엉 울 것 같았다. 나는 아줌마에게라도 엄마의 이야기를 들어 볼 요량으로 포목점 안으로 인사하며 들어섰다.

"아이고 하상 댁 막내 딸내미네, 어서 이리 올라와 앉그라"

아줌마는 친절하게 포목 꾸러미를 밀치는 시늉으로 자리를 내주며 올라와 앉으라고 권해 주셨다

나는 신발을 벗고 올라앉아 맘을 가라앉히고 차분히 요리조리 둘러보다 엄마의 손수레가 최대한 몸을 움츠린 내 모습처럼 한쪽에 서 있는 것을 발견하였다.

"아줌마 우리 엄마 시장에 계셔요?"

너무나 반가운 나머지 평소에 음성보다 많이 크고 높아져 있는 나의 질문에 "아이고 놀래라 뭔 딸내미 목청이 그리 크냐. 그러면 니그 엄마가 장사 안 하고 니그들 두고 어디 도망이라도 가뿐 줄 알았냐?"

드디어 나의 모든 소원이 이루어지는 순간이었다.

늦게까지 있자면 졸리기는 하겠지만 세상에 든든한 엄마와 함께라면 까짓것 숙제쯤이야 낼 아침에 대충하거나 학교 가서 아이들 거 베껴서 완성해도 딱히 걸리지는 않을 수도 있고 설령 선생님께 손바닥을 내준다 해도 지금 엄마를 만난 것만으로도 그 정도의 대가를 치르는 것은 손해 보는 계산은 아니었다. 이 정도면 모든 문제는 해결이 된 것이었다.

"근데 우리 엄마 어디 가셨어요?"

"응 아까 너 막내 이모 오셔서 뭐 좀 사드린다고 잠깐 자리 뜨셨어. 여기 있으면 금방 오실 거여. 걱정하지 말고 이거나 먹으면서 기다려라"

쌍둥이 아줌마는 박하사탕을 한 주먹 달갑게 쥐여 주셨다.

(홍! 언니 너 없이도 암시랑토 안 하구먼 …….)

나는 횡하니 돌아서던 언니 뒤통수에 코웃음을 날리고 아줌마가 건네준 박하사탕을 입에 넣고 시장을 한 바퀴 돌며 엄마와 막내 이모가 어느 집에 있나 찾아볼 요량으로 아줌마 포목점에서 나왔다.

가끔씩 엄마 따라 들렀던 국밥집에도 꽁보리 밥집에도 부추 전 배추 전을 팔던 집에도 엄마나 이모는 보이지 않았다.

전집 꼬순 냄새에 혀 밑에서 침이 올라오고 배 속에서는 작은 도랑물 흐르는 소리가 났다.

박하사탕은 녹여 먹을 때마다 허기진 배가 채워지기는커녕 더 비워지는 느낌이 들어 다른 알사탕보다 썩 좋아하는 편은 아니지만, 포목점 이모는 항상 박하사탕만 사다 놓으시는 이유를 나는 알 수가 없었으나 그래도 싸한 맛보다는 달보드레한 뒷맛을 느끼며 사탕을 오물거리는 행복감을 찾아 뭔가를 먹고 싶은 욕구를 달래며 엄마를 찾아 다음 골목으로 접어들려던 때에 엄마의 목소리가 들렸다.

나는 수백 수천 리에서도 들리기만 하다면야 내 엄마의 목소리를 구별해낼 자신이 있었다.

골목 구부려지는 모퉁이 담벼락 밑 시멘트 바닥 위에 이모와 엄마가 둘이 앉아 있는 모습을 발견하였다. 나는 엄마를 부르며 반가이 다가서는데 엄마는 내 소리를 듣지 못하는 것 같았다.

"아이고 진앙 내가 그 속을 왜 모르것소, 내가 동생을 잘 챙길 것인게 아무 걱정하지 마시고 좋은 데로 가시요 응?"

엄마는 이모한테 진앙라고 부르며 이모에 두 손을 부여잡고 달래고 있었고 이모는 꺼이꺼이 목 놓아 울고 있었다.

나는 이모의 이름이 진앙인 줄로만 알았으나 엄마 가까이에 가서 두 분에 대화를 들으면서 진앙이가 이모의 이름이 아니라는 것을 느낌으로 알 수가 있었다.

"처형, 처형도 아시잖아요, 우리 정숙 어미가 얼마나 몸이 약한지 그야말로 물동이 하나도 제대로 못 들잖아요."

가끔씩 막내 이모 집에 놀러 가보면 봄이고 가을이고 이모는 항상 방문을 반쯤 열어 놓고 누워만 있었던 기억이 얼핏 스치면서 정숙이 사촌 언니의 이름이라는 것도 깨달았을 때 나는 섬뜩하고 오싹한 느낌이 들었다.

아직 밤이 되려면 멀었는데 이모가 귀신에 씌운 건가 그렇다면 엄마는 지금 귀신에게 홀려 대화를 하고 있는 것인가?

어젯밤 순식간에 홀연히 사라져 버린 불덩이는 무엇이며 지금 엄마랑 이모가 하고 있는 이 상황은 또 무엇이란 말인가?

박하사탕을 쥐고 있던 손에 땀이 차올라 사탕을 호주머니에 쑤셔 넣고 바지에 손을 닦으며 엄마에게로 주춤주춤 걸어가 엄마 등 뒤에 쭈그리고 앉았다. 엄마가 설령 귀신에게 홀렸다 할지라도 무서운 지금의 상황에서는 엄마 곁에 가까이 있는 것이 가장 안전하다는 생각이 들었다.

엄마는 내가 당신 뒤에 앉아 있는 것을 눈치채지 못하는 것 같았다.

오히려 나를 알아봐 준 것은 이모였다 아니 엄밀히 말하자면 이모 안에 들어있는 귀신인 것 같았다.

"오메 꼬마 조카 왔는가."

나의 아명을 부르는 목소리가 온전히 아저씨 목소리였으므로 내 이모는 이모로되 이모라고 할 수가 없었다.

나는 엄마 등 뒤로 더욱 바싹 달라붙었다.

"응? 막내 왔냐? 왔으면 쌍둥이네 있지, 뭐 하러 찾아 나서"

엄마는 내가 써-억 달갑잖은 목소리였지만 등위에 있는 나를 끄집어 엄마 옆구리로 빼 안았다.

"진앙 맘 내가 다 알고 있으니께 좋은 데로 가시요 응? 진앙이 자꾸 이러믄 동생만 더 힘들어져요. 그렇게 아끼던 동생만 더 힘들어진단 말이요 그러니께 두 번 다시는 정숙어미 찾아오지 말어요 알았지요, 응? 야도 살아야 쓸 거 아니요."

"그 썩을 놈이 지어미 속만 안 태워도 내가 이렇게 맘이 아프진 않을 거요 아들이라고 하나 있는 게지 어미는 나 몰라라 하고 저리 폐잔 병처럼 늘어져서 술이나 처 마시고 있으니 내가 정숙 어미 불쌍해서 안 그럽니까, 처형 - 엉 엉 엉"

"알아요, 알아 그 맘 누가 모르간디요 철진이도 곧 마음잡을 것이요 이제 갓 스물 아니요, 아직 어리고 철이 없어서 그러지 금방 정신 차리고 지어미 아낄 줄 알고 여동생들 건사할 줄 알 것이니까 너무 걱정하지 마시고 인자 절대로 내 동생 찾아 오덜 말아요, 그것이 진짜 진앙이 내 동생 아끼는 거요 알았지요, 응? 응?"

엄마는 이모에겐지 진앙에게인지 다짐에 다짐을 받으면서 두 손을 붙잡고 흔들기도 하고 꼭꼭 주무르기도 하면서 이상한 대화를 나누었던 것이다.

나는 머릿속이 온통 무서움인지 공포인지 모를 혼란스러움으로 어수선하여 멀미처럼 어지럽기까지 하였다.

무엇보다도 벌건 대낮에도 정말 귀신이 있다면 하루 이틀도 아니고 그 무서운 무덤 옆을 어찌 지나 매일매일 집에를 오 간단 말인가 내가 밖에서 잘 곳도 없을뿐더러 만에 하나라도 혹시 집에 가지 못하여 밖에 있어 이불도 뒤집어쓰지 못한다면 나는 아마도 무서움에 떨다 이가 다 조각조각 떨어져 나갈지도 모르는 일이다.

어른인 엄마는 귀신과 대화하면서도 무서움을 전혀 안 타는 것 보면 내가 이 무서움증을 이겨내는 방법은 어찌 되었든 간에 시간을 보내어 어른이 되는 길밖에 없을 것이며 그 긴 시간 동안을 또 이 무서움 속에서 견디거나 어른인 엄마 옆에 24시간 붙어 있는 수밖에 없을 진대 그것 또한 불가능한 일이 아니던가, 그렇다면 어떤 방법이 있어 간이 콩알만 하게 졸아드는 이 무서움증에서 벗어나는 길이 무엇이란 말인가.

앞으로 견뎌내야 할 무서움이 당장 직면해 있는 배고픔도 사라지게 하였고 친구들 사이에서 따돌림을 당하는 외로움도 다 사라지게 하였다.

엄마 뒤에 딱 붙어 있는 길만이 나의 살길인 양 나는 팔을 붙잡고 엄마와 이모를 따라 국밥집으로 들어갔다. 엄마는 이모와 나에게 국밥을 시켜 주었다. 이모는 언제 그랬냐는 듯 새초롬히 앉아 말 한마디 없이 국밥을 맛있게 먹기 시작하였고 오히려 속이 답답한 것은 엄마였던지 막걸리를 크게 한 사발 들이키셨다.

엄마가 다시 따라 놓은 막걸릿잔에 손을 가져가던 이모의 손을 엄마가 무색하리만큼 세차게 내쳤다,

"끝숙이 너는 절대로, 절대로 술을 마시면 안 된다. 알았냐? 니가 자꾸 술을 마시고 니 정신 줄을 놓으니께 딴 것들이 널 건드린단 말이여, 너 어린 새끼들 생각해서 오래 살고 싶으면 절대 술 같은 것은 입에 댈 생각도 말아야 써, 알았지?"

이모는 알았다는 듯 고개를 주억거리며 국밥을 한 그릇 말끔히 비웠다.

"아따 하상 댁 오늘 재수가 있는 날 인갑네, 아까 요 앞 식당에서 왔길래 이쪽에 있던 잔챙이 생선 몽땅 쓸어가서 내가 좀 후하게 쳐서 넘겨 부렸어, 손해는 안 보고 넘겼응께 걱정하지 말고 오늘은 동생이랑 막내 딸내미 왔으니께 좀 일찍 들어가"

엄마는 조금 남은 생선을 신문지에 싸서 이모 손에 들려주고 모처럼 아직 어둠이 내리기 전에 집으로 갈 수 있었다.

엄마랑 함께 집으로 간다는 사실 하나에 취해 아까에 무서움은 까

마득하게 잊어버린 나의 발걸음은 경쾌하기까지 하여 노래까지 흥얼
거릴 판이었다.

큰 대문집 앞을 지나가는데 상중喪中이라는 등이 여기저기 걸려 있
었다.

"오메 여기 교장 선생님 댁에 초상이 났네. 누가 이승을 달리하셨을
꼬. 두 분 내외가 다 어질고 좋으신 분들이니까 잘 가셨을 것이구면"

혼잣말 같은 소리를 나까지 크게 들을 수 있도록 말씀하셨다.

"엄마 누가 돌아가신 거 맞지?"

"응 그런 거 같은데 할머니신지 어르신인지 모르겠다."

나는 어젯밤에 마루에 앉아서 보았던 횃불 덩어리가 생각나 엄마
에게 자초지종을 말씀드렸다.

"니가 그 집 혼불을 보았구나."

콧노래가 절로 나왔던 즐겁고 가벼운 기분이 확 사라짐과 동시에
혼을 보았다는 말에 다시금 소름이 오싹했다.

"엄마 그럼 난 죽은 귀신을 본 거야?"

"그것은 귀신이 아니고 혼이야"

"혼이 뭔데……"

"산 사람한테서 넋이 빠져나가면 죽은 거고 사람이 죽으면 혼이 육
신에서 빠져나가는 거야, 풍선에서 바람이 싸악 빠져나가서 빈껍데
기만 있으면 무용지물이잖아 풍선이 몸뚱이고 거기에 들어있던 것들

이 혼이라고 생각하면 그럴듯할 거야, 근데 불이 동그랗더냐. 꼬리가 길더냐."

엄마의 말씀을 듣고 보니 사라질 때 긴 꼬리가 따라붙어 나갔던 것 같았다.

"오메, 오메 교장 선생님 그 좋은 양반이 가셨구나."

주변 사람들이 할아버지께서 어젯밤 돌아가셨다는 말을 들었을 때 나의 무섬증은 극에 달하게 되었다.

다시금 어른까지 어찌 견디며 살아내야 할지 조금 전에 먹었던 국밥이 목구멍으로 다시 올라오는 것 같았다.

흰 홑청이 무희처럼 춤추던 곳, 담 안에 있어서 훨씬 더 비옥해 보였던 마당 여기저기에 사람들이 삼삼오오 모여 있는 것을 바라보며 담벼락보다도 더 든든한 엄마의 손을 꼭 붙들고 산등성이 무덤 가까이 올라왔다.

해거름 녘 무덤가에는 사람들이 웅성거리며 서 있었다.

나는 엄마와 함께였으므로 그 어떤 상황이라도 무섭지 않았다. 그렇지만 엄마의 꽉 잡은 손은 절대 놓치지 않았다.

엄마는 사람들이 몰려 있는 자리로 내 손을 잡은 채 다가섰다.

무덤이 파헤쳐져 있었다.

순간 나는 토네이도보다 더 어마어마한 회오리바람에 휩싸여 내 몸이 티끌보다도 적은 모습으로 어느 낯설고 거대한 광야로 내 던져지는 것 같았다.

파헤쳐진 무덤 안에 관 뚜껑이 열려 있었고 귀신은 보이지 않았으며 만화에서도 흔하게 보았던 모습과도 흡사할 뿐인 그냥 해골이 있었다.

그 거대하고 황량한 광야에 오롯이 혼자인데도 웬일인지 하나도 무섭지 않았다.

땅 위에 깔아 놓은 하얀 한지 위로 두 명의 아저씨들께서 무덤 속에 있는 뼈를 하나하나 들어 올려 내려놓았다. 팔이 완성되고 다리가 완성되고 부러진 갈비뼈 조각을 요리조리 맞춰 놓으니 얼추 사람이었던 모양을 갖추는 듯도 싶었다.

귀신, 죽은 사람, 혼, 무서움, 공포, 두려움 이러한 모든 것들을 나에게 암시했던 무덤 속의 것들에 실체를 하나하나 낱낱이 보고 서 있었다.

나는 엄마에 손을 놓고 아무렇지도 않게 주변의 다른 어른들처럼 뒷짐을 지고 한 발 앞으로 다가섰다.

친구들과 재미있게 놀다가 아쉬운 마음으로 몰래 도망쳤던 일, 친구들에게 매번 따돌림을 당하던 일, 내 사정을 빤히 알면서도 매몰차게 돌아서던 매정한 언니, 한여름에도 시리던 발, 있을지 없을지 모르는 엄마를 찾아 시장으로 몸을 옮기던 그 무거운 발걸음, 곁에 없는 언니를 필요로 했던 절실함 등, 무수한 생각과 상상들이 무덤 속에서 뼈가 하나둘씩 밖으로 나올 때마다 생생하게 떠올랐다 혼불처럼 금세 사라지고는 하였다.

광야에 있는 나는 하늘을 향해 두 팔을 크게 벌리고 있는 힘껏 소리를 뿜어냈다. 신기하게도 그 소리가 우주 끝까지 갔다가 다시 돌아와 나에게 어떤 큰 힘을 주는 것 같았다. 가슴이 꽉 찬다는 단어만으로는 아쉬웠다. 어쩌면 나로서 이미 우주 같아진 그 충만 된 이전에 없던 그 어떤 느낌, 근육마다 단단한 힘줄이 생기는 것 같았고 머릿속에서 뭔가가 파닥이는, 심장이 뛰는 것을 느끼는 것처럼 뇌가 살아 요동치는 느낌 참 희한한 경험을 느끼면서 서 있던 나는 슬그머니 다가가 뼛조각에 손을 얹었다.

"때끼 놈! 어디다 손을 대. 부정 타게."
아저씨는 심하게 내 손을 때렸다.
"뉘 집 애가 이렇게 간이 크다냐, 고것도 딸내미가 허허허."
검게 탄 얼굴에 분필갑에 분필처럼 가지런하고 하얗게 빛나던 치아 사이로 간이 크다는 말이 한 단어씩 우주보다 크게 다가와 장미꽃으로 변하여 내 몸속 여기저기를 유영하면서 내 안에 장미 향을 뿌리는 것 같았다.

The
Munhak
Su

격월간
종합문예지

문학
秀

종합문예지 · 문학秀 · 통권 제16호 · 2022년 9월 1일 발행 · 등록번호 서울중. 마00094 · ISSN 2713-8739

The Munhak Su
문학 秀

시가 있는 풍경
김종대

**우리 시대
살아있는 문학**
김종희

에코에세이
김희재

윤동주 소고
김우종

권두에세이
유근조

제16회 신인문학상
박수자
김주운

**특집 문화유산의
향기에 젖다**
강길수 권상연
김규인 김영인
김철순 박순태
박채현 배문경
백후자 이순혜

2022 09 / 10
제16호

The Munhak Su
문학 秀

제13호

The Munhak Su
문학 秀

제15호

문학秀출판

서울특별시 중구 창경궁로 1길 29 (3F)

Tel. 02-2272-3504

Fax. 02-2277-1350

E-mail. rossjw@hanmail.net

www.je-books.com 젼출판

편집후기

아름다운 문인 작가님들과 글을 쓰면서
작가님들의 꿈동산 동인지를 발행하게 되었다

작가님들과 편집에 관계한 모든 분들에게
차 한잔을 대접하고 싶다. 차 한잔을 놓고서...

김재봉

한 권의 책이 한 사람의 인생을 바꿀 수도 있다는 얘기가 있듯, 사
람은 책과 밀접한 관계를 맺습니다. 이 관계에 각자의 개성으로 참여
해 주신 문학秀작가회 작가님들이 더욱 소중하게 생각됩니다.
　건물에도 기초가 중요하듯 동인지 기초를 탄탄하게 놓아주신 임원
들께도 감사드립니다.

장수금

스잔한 바람이 세상을 힘들게 하드니
이제는 그 모든 것을 흘려 보내고 있습니다.
그런 와중에 작가적 열정은 그 기운을 모두 이겨내고
이를 이루고야 말았습니다.
여기 그 기운을 품고 나온 여러 작가들의 아름답고 슬기로운
글들을 펼쳐 놓을 수 있기에 여러 작가들과 그 기쁨을 함께 합니다.

최영숙♡

가을의 높아진 하늘처럼 이해와 배려와 행복 가득함 속에서 秀의 서정을 맞이하게 되었습니다.

손끝으로 피어나는 문학의 향기로 많은 사람의 마음을 어루만져 줄 수 있는 秀의 서정이 되길 간절히 희망합니다.

"함께 성장"이라는 말은 정말 멋지고 공감되는 말입니다.
가을 향기가 전해지는 이 시간, 누구보다 빛나는
우리들의 미래를 응원합니다.

정소빈

문학秀작가회 회원 명단

이름	문학수 등단호수	등단부문	메일
정소빈	1	시	miyu_ne@naver.com
김재봉	3	시	kjbpso@daum.net
이향희	3	시	h2ya27@nate.com
임선규	3	수필	sklim5959@hanmail.net
하광순	3	소설	cctv0104@empas.com
권혁선	4	시	
김영덕	4	소설	kyd07120@hanmail.net
원영운	4	시	
심수현	5	시	
이상철	5	시	itsme68@hanmail.net
이한준	5	수필	
김치환	6·11	시·수필	cc5189@naver.com
박순옥	6	수필	strongstand@hanmail.net
배판범	6	사	ppb528@hanmail.net
손예랑	6	수필	
이정재	6	수필	ilovelife@naver.com
조경희	6	수필	jkh861114@naver.com
강라헬	7	수필	minkang807@gmail.com
배평순	7	수필	bps86093886@gmail.com
유귀덕	7	수필	
김길순	8	시	
하수엽	8	시	white-devil5@hanmail.net

이름	문학수 등단호수	등단부문	메일
송명순	9	시	
이기숙	9	수필	leegysuk@naver.com
이영미	9	수필	filmfront@naver.com
이태연	9	소설	
최영숙	9	시	cc5189@naver.com
김승길	10	수필	skk5233@naver.com
김용태	10	시	ytt480@daum.net
최상훈	10	수필	dental_zeta@naver.com
호련	10	소설	
황진원	10	수필	hwang4799@hanmail.net
최정숙	11	수필	
권지형	12	시	
김정순	13	시	kkjs4786@hanmail.net
장수금	13	시	jskpicture@hanmail.net
차임선	13	수필	itchah@naver.com
변춘애	14	시	springl@naver.com
조숙자	14	시	smilekim1969@gmail.com
김성현	15	시	ksh0746@hanmail.net
오학수	15	시	ohagsu@hanmail.net
김주윤	16	수필	
박수자	16	시	

2022년
문학秀작가회 제1집

秀의 서정

인 쇄   2022년 10월 05일
발 행   2022년 10월 12일

지 은 이   강라헬 권혁선 김성현 김승길 김영덕 김용태 김재봉 김정순 김치환
          박순옥 배판범 배평순 변춘애 오학수 이기숙 이상철 이영미 이정재
          이향희 임선규 장수금 정소빈 조경희 조숙자 차임선 최상훈 최영숙
          하광순 하수엽 황진원

펴 낸 이 | 문학秀출판
편집기획 | 문학秀기획실
출판등록 | 제2021-000050호(2021. 4. 15)
주   소 | 서울특별시 중구 창경궁로 1길 29 (3F)
전   화 | 02-2272-9280
팩   스 | 02-2277-1350
이 메 일 | rossjw@hanmail.net
홈페이지 | www.je-books.com

ISBN 979-11-978432-1- 1 (03810)
값 13,000원